琼 瑶
作 品 大 全 集

匆匆，太匆匆

琼瑶 著

作家出版社

琼瑶，本名陈喆，作家、编剧、作词人、影视制作人。原籍湖南衡阳，1938年生于四川成都，1949年随父母由大陆赴台生活。16岁时以笔名心如发表小说《云影》，25岁时出版首部长篇小说《窗外》。多年来笔耕不辍，代表作包括《烟雨蒙蒙》《几度夕阳红》《彩云飞》《海鸥飞处》《心有千千结》《一帘幽梦》《在水一方》《我是一片云》《庭院深深》等。

多部作品先后改编成为电影及电视剧，琼瑶也因此步入影视产业。《六个梦》系列、《梅花三弄》系列、《还珠格格》系列等，影响至深，成为几代读者与观众共同的记忆。

琼瑶以流畅优美的文笔，编织了众多曲折动人的故事。其作品以对于梦的憧憬和爱的执着，与大众流行文化紧密结合，风靡半个多世纪，成为华文世界中极重要的文学经典。

我为爱而生，我为爱而写

文字里度过多少春夏秋冬

文字里留下多少青春浪漫

人世间虽然没有天长地久

故事里火花燃烧爱也依旧

复禄

楔子

七月，一向不是我写作的季节，何况，今年我的情绪特别低落。某种倦怠感从冬季就尾随着我，把我紧紧缠绕、细细包裹，使我陷在一份近乎无助的慵懒里，什么事都不想做，什么事都提不起劲来，尤其对于写作。

写作是那么孤独，又那么需要耐心和热情的工作。这些年来，我常觉得写作快要变成我的"负担"了。我怕不能突破自己以往的作品，我怕不能引起读者的共鸣，我怕失去了热情，我更怕——亘古以来，人们重复着同样的故事，于是，我也避免不了重复又重复——写人生的爱、恨、生、死，与无可奈何。我的好友三毛曾对我说过一句话：

"如果我们能摆脱写作，我想我们就真正解脱了！"

或者，只有写作的人才能了解这句话，才能了解写作本身带来的痛楚，你必须跟着剧中人的感情深入又深入地陷进去，你必须共担他们的苦与乐，你必须在写作当时，做最完整的奉献，那段时间中，作者本身，完全没有自我。所以，最近我常常在失眠的长夜里，思索这漫长的写作生涯中，我是否已经奉献得太多了？包括那些青春的日子，包括那些该欢笑的岁月，包括那些阳光闪耀在窗外，细雨轻敲着窗棂，或月光洒遍了大地的时候。我在最近一本小说《昨夜之灯》中写了一段：

> 全世界有多少灯？百盏，千盏，万盏，万万盏……
> 你相信吗，每盏灯下有它自己的故事？

是的，每盏灯下有它自己的故事。其中一盏灯光下，有"我"这么"一个人"，"孤独"地把这些故事，不厌其烦地写下来，写下来，写下来……

于是，我会问："为什么？"于是，我会说："我累了。"我从不认为自己的写作是多么有意义的工作，我也从不觉得自己有"使命感"。当初，吸引我去写作的是一股无法抗拒的狂热，其强烈的程度简直难以描述。而今，岁月悠悠，狂热渐消。于是，我累了，真的累了。

今年，我就在这份倦怠感中浮沉着，几乎是忧郁而彷徨的。我一再向家人宣布，我要放弃写作了。又隐隐感到莫名的伤痛，好像"写作"和我的"自我"已经混为一体，真要分开，是太难太难太难了。又好像，我早已失去"自我"了。在那些狂热的岁月里，我就把"自我"奉献给了"写作"，如今，再想找回"自我"，蓦然回首，才发现茫茫世界，竟然无处有"我"。这种情绪很难说清楚，也很难表达清楚，总之，今年的我颇为消沉，颇为寥落，而且，自己对这份消沉和寥落完全无可奈何。最可怕的，是没有人能帮助我。

七月，天气很热。

七月，我正"沉在河流的底层"。"沉在河流的底层"是俄国作家屠格涅夫的句子，第一次读到它的时候我才十几岁，懵懂中只觉得它好美好有味道，却不太明白它到底是什么意思。其后，在我的作品中，我不厌其烦地引用这个句子，说来惭愧，依然不太明白它的意思。现在，我又引用它，更加惭愧！我还是不太懂。我给了它一个解释，河流是流动的，"沉在河流的底层"，表示"动的是水，静的是我，去的是水，留的是我，匆匆而过的是水，悠悠沉睡的是我"。

不管这解释对不对，我的心情确实如此。

就在今年这样一个七月的日子里，有封来自屏东万峦乡的短短小笺，不被重视地落到我眼前，上面简单地写着：

琼瑶女士：您好！

在以前你不认识我，希望以后你能认识我，很奇怪，是吗？这里有一个故事，我一直想写但写不出来，一个我的故事，我和"鸵鸵"的故事。"鸵鸵"是她的乳名，一个发音而已，湖北话。她今年二十四岁，我二十六岁。她和我在一九七七年十月二十四日晚上八点十分在同学的舞会中认识，这其中发生了许多许多感人的事。她那儿有我完整的资料：信、素描、字画，各类的东西。我这儿有她的照片，我的三本日记，信有五百封左右。一切资料均有，但我写不出任何一个字。请帮我一个忙好吗？帮我写出这个故事。

此祈愉快

韩青敬上

又及：她本名袁嘉佩，我叫她"鸵鸵"。辅大。我本名就叫韩青，文大。

请联络：我家电话（八七）八八八×××。

这封信没有带给我任何震荡，因为信里实在没写出什么来。而这类信件，我也收到得太多了。我把信搁置在一旁，几乎忘记了它。几天后，我收拾我那零乱的书桌，又看到了这封信，再读一遍，我顺手把它夹在《问斜阳》的剧本里。

再过几天，我看剧本，它从剧本中落了出来。

怎么？"它"似乎不肯让我忽略它呢！

我第三次读信。读完了，看看手表，已经是半夜了。屏东万峦乡，很陌生的地方，不知道那位"韩青"已入睡否？或者，我该听听他的故事，即使我正"沉在河流的底层"，不想写任何东西，听一听总没有害处。而且，某种直觉告诉我，写信的人在等回音，写信的人急于倾吐，写信的人正痛苦着——

他需要一个听众。于是，我拨了那个电话号码，感谢电信局让台湾各地的电话可以直接拨号，而且没有在每三分钟就插嘟嘟声，来打断通话者的情绪。我接通了韩青，谈了将近一小时。然后，我在电话中告诉他："把你的日记、信件、资料统统寄给我，可是，我并不保证你，我会写这个故事，假若你认为我看了就一定该写，那么，就不要寄来！""我完全了解，"他说，很坚定，"我会把资料和一切寄给你。"三天后，当邮局送来好几大纸盒的信件和日记时，我简直呆住了。天知道，我每日忙忙碌碌，还有多少待办要办和办不完的事，我如何来看这么多东西？但，在我收到这些东西时，我忽然想起了乔书培（另一个寄资料给我的人，我后来把他的故事写成了《彩霞满天》）。于是，我安安静静地坐了下来，安安静静地打开纸盒，安安静静地拿起第一本日记……有张照片从日记本里落出来了，我拾起照片，一男一女的合照，照片里是个笑得傻傻的大男孩子，一个长发中分的大女孩子，男的浓眉大眼，是个挺漂亮的男生，女的明眸皓齿，笑得露出两排白牙，亮亮的，清清纯纯的样儿。我放下照片，打开日记，扉页上写着：

> 我堕落于五百里深渊，
> 而鸵鸵，你使我雀跃。

　　我开始看日记，开始看信件，由于信件太多，我只能抽阅。韩青必然是个很细心的男孩，每封信上都有编号，鸵鸵必然是个很细心的女孩，每封信里都有确切的写信时间：某年、某月、某日、某时。（奇怪吧，韩青寄来的资料里竟有双方的信。）几天之后，我仍然没有看完这些资料，但，凭我的判断，这故事并不见得惊天动地，或曲折离奇。可是，它让我感动了，深深地感动了。不只感动，而且震动。感动在那点点滴滴的真实里，感动在那零零碎碎的小事上，而震动在那出人意料、令人难以置信的"结局"中。等不及看完这些信，我再打电话给韩青："你可不可能到一趟台北？当面把你们的故事说给我听？"我问，不忘记再补一句："可是，我不一定会写。"

"可能，太可能了！"他急切地说，几乎立刻就做了决定，"八月一日是星期天，我不上班，我可以乘飞机来台北，不过，你要给我比较长的时间。"

"好，整个下午！"我说，"你下午两点钟来，我给你整个下午的时间。"约好了时间，我在八月一日未来临前，再断断续续地看了一些资料。心里已模糊勾出了他们这故事的轮廓。到七月三十一日晚上，我刚吃完晚餐，却突然意外地接到韩青的电话，他劈头就是一句："我能不能跟你改一个谈话时间？"

"噢！"我有些犹豫，"我想想看，下星期……"

"不不！"他急促地打断我，"现在，如何？"

"现在？"我吓了一跳，"你已经来台北了吗？"

"是，刚刚到。""哦。"我再度被他的迫切感动了，虽然，那天晚上我原准备去做另外一件事的，"好，你来吧！"

七月三十一日晚间八时半，韩青来了。

在可园，我的小书房里面，我们面对面地坐了下来。

韩青，中等身材，不高不矮，背脊挺直，眉目清秀，有股与生俱来的自信和自负相。穿着白衬衫，蓝色长裤，打着领带，服装整齐。头发蓬蓬松松的，眼睛大大亮亮的，眉毛浓浓密密的，嘴唇厚厚嘟嘟的。他坐在那儿，有些紧张，不，是相当紧张。一时间，他似乎手脚都没地方放，他解开袖口，虽然房里开着冷气，他却一个劲儿地挽袖子，掏手帕，弄领带……我把烟灰缸推给他。"从你的日记里，我知道你抽烟，"我说，鼓励地笑，想缓和他的紧张，"可是，我忘了给你准备香烟。"

"我有！"他拿出一包长寿，又找打火机。

点燃了一支烟，烟雾袅袅上升，慢慢扩散，他靠进椅子里。我抽出一沓稿纸，在上面写下：

一九八二年七月三十一日，韩青的故事摘要。

然后，故事开始了，时间要倒回到一九七七年十月二十四日晚上八时。

第一章

舞会是徐业平为方克梅开的，为了庆祝方克梅满二十岁的生日。韩青原来并不准备参加这舞会的，只因为这一向他都比较落寞。自从离开屏东家乡，考进文化大学，转眼间，大一、大二都从指缝间流逝。被羡慕、被称道、被重视的大学生活，并没有给韩青留下任何值得骄傲的事迹，更谈不上丝毫的成就感。所学非所愿，念了一大堆书，选了一大堆课程，只感到乏味。文化大学真正吸引他的，不是那些课程，反而是华冈的云、华冈的树、华冈天主教堂后的小径、华冈到陈氏墓园去的那片芦苇地，以及被他和徐业平、方克梅、吴天威等取名叫"世外桃源"的小山谷。

没考上大学以前，他曾经拼了命挤这道窄门，在南部读完高中，第一次考大学就失败了。于是，他拎了一个手提袋，带了几件换洗衣服，身上有去打工赚来的一千六百元新台币，告别父母，就到台北来"打天下"了。火车进了台北站，跟着人潮下车，跟着人潮走出台北车站。茫茫然尚不知该往何方驻足，抬头一看，就见到火车站对面"建国补习班"的大招牌，供应食宿，包你考中大学！算算钞票，正好倾囊所有。明天的事明天再管。于是，直接过马路，从车站大门就走进了补习班大门。

苦读一年，家里每月寄给他一千元零用，实在不够做什么。每星期最奢侈的事，是去小美吃他一大碗红豆麦芽刨冰。不过，第二次考试，终于考上了。取进文化大学"劳工关系系"，填志愿表时不知道它是什么，填上再说。进了大学不知道它是什么，念了再说！两年下来，每天和会计、统计、经济、民法概要、宪法、现代工商管理等打交道，头有斗大，兴致低沉。从小，总觉得自己有那么点文学、艺术和音乐的细胞，却在大学的课程里磨蚀殆尽。于是，交女朋友吧！进大学的最大好处，你可以放胆追女孩子，没有人会指责你"还太小"。大一、大二，两年时光，卷进他生活里的女孩实在不少。这与徐业平有很大关系。徐业平，原来考进文大俄文系，念了一年，没有俄文教授听得懂他的俄文，一气之下就转系，转进了全台湾仅有的这一系——劳工关系系。于是，韩青认识了徐业平。两人曾一块儿读书，一块儿骂教授，一块儿追女孩子。可是，当徐业平和辅大英文系的方克梅已进入情况之后，韩青的心仍然在游荡着，这期间，以他那半成熟的年轻的胸怀，以他那稍稍自诩的文学才华，以他那青春的飘浮的感情，以他对异性的半惊半喜半忧半惧的情怀，他曾在日记上片片断断地写下一些"诗句"：

翩翩地越过这道成长的虚线

填满了间断的虚点——充实

那圆弧永远是缺口的原因

你未走完那一世纪一周匝

把句点涂满只得到一个读号

什么意义也没有——只有

瞪着两眼看浮云天狗

　　大二那年，认识了一个女孩，绰号叫宝贝，确实让他困
扰过好一阵子，也为她写下了断简残篇：

　　怀着寂静的心踏入那梦织的温柔星星虽不再
闪烁

　　犹留下你的倩影以及剪烛西窗数着碎落的梦

　　她是风她是雨她是雷风吹落梦想雨打碎感思雷
敲醒一个独自剪烛西窗的过旅

　　这就是他的大一和大二，那些"少年不识愁滋味，为赋
新词强说愁"的日子。宝贝，一个女孩，一个是星星、是风、
是雨、是雷……最后，却化为一缕轻烟，在他生命里不留什
么痕迹，轻轻飘过的女孩。可是，大三的上学期，在方克梅
过生日前的那段日子中，他还在凭吊着这份虚虚渺渺的、不
成型的感情，还陷在他自己给自己织成的一个网里。宝贝已

成过去。而他，还那么不习惯什么叫"过去"。他有点忧愁，就为了想忧愁而忧愁，有点失意，就为了想失意而失意。并不真的为了宝贝，不真的为了那些曾点缀过他生命的任何女孩。只为了——年轻。话说回来，那天是方克梅的生日。

方克梅和徐业平是去坪林吃烤肉时认识的。徐业平什么都优秀，除了念书以外。他会弹吉他，会唱歌，会跳舞，会打桥牌，会说笑话，会追女孩子。方克梅念辅仁大学夜间部，英语系。是那种任何人一见就会喜欢的女孩，活泼、大方，圆圆的脸庞、亮晶晶的眼睛，一六五的标准身材。由于家境富有，娇生惯养下，她皮肤白嫩细腻，光洁雅致。最可贵的，她弹一手好钢琴，还能把流行歌曲及任何古典小曲，用摇滚或爵士的方法弹奏出来。往往，方克梅的钢琴，徐业平的吉他，韩青和吴天威的歌——他们会唱活了天地，唱活了青春。

事情的开始是这样的。方克梅和徐业平恋爱了。爱得一塌糊涂，爱得天翻地覆，爱得死去活来。在他们自己的幸福中，他们也关怀着身边的两个好友，吴天威没什么关系，吴天威比较成熟稳重有城府，在女孩间打打游击就满意了。韩青却不同了，他是那么孤傲，那么自负，又有颗那么热情的心。当徐业平给方克梅筹备舞会时，韩青就宣称了：

"我没有舞伴，我不来！"

"什么话？"徐业平叫着说，"你不来咱们就绝交！不给我面子没关系，不给方克梅面子……"

"别吵，别吵！"方克梅笑吟吟地看着韩青，咬着嘴唇沉思了好久好久。忽然说："韩青，我们班上有个女同学，跟你很相配。也很文学、很热情、很……"她形容不出来，用一句话下了总结："很有味道就对了。我把她介绍给你当舞伴，那么，你就有舞伴了，怎么样？"

"很好，"韩青同意，"她长得如何？别弄个母夜叉来整我冤枉……""唉唉唉！"方克梅连声叹气，"真是狗咬吕洞宾，不想认识就算了！""想想想！"韩青也连声回答，对于别人开舞会，自己去劳什子"西窗"剪什么烛的情形实在有些害怕。"她叫什么名字？""袁嘉佩。"方克梅轻松地说了出来，绝没有想到，这个名字后来竟改变了韩青整个的世界。"这样吧，"她想了想，"你写张条子给她，表示想认识她，我转交给她比较好说话。袁嘉佩不是那种随随便便可以约出来的女孩子！"

"我写条子给她？我又不认识她，怎么写？"韩青瞪着方克梅，心里还在怀疑，这方克梅是不是在设什么陷阱，来开他的玩笑。他转向徐业平："你见过这女孩吗？"

"唉唉唉，"方克梅又"唉"起来了，这是她的口头语，"我怎么敢让业平见到袁嘉佩，到时候他去追袁嘉佩了，我岂不是自找苦吃！"说得像真的一样。韩青怦然心动了。徐业平拍着他的肩膀，笑着说："写吧！说写就写，写张条子对你是太简单了！"

好！大丈夫说写就写，这有什么难！他提起笔来，就写了一张便笺：

袁嘉珮：在一个偶然的机会里听到你的名字，

不知道为什么很想认识你。这样写条子是太唐突了些，所幸"唐突"代表的并非"荒唐"。任何事都该有个开始，是吗？

韩青，一九七七年十月廿日午后三点五五分

然后，就是舞会那晚了。

韩青不该紧张的，这不是他第一次交女朋友了，他也从不认为交女朋友是件很困难的事。但，这晚，他却莫名其妙地紧张起来。去舞会前，他刻意梳洗过，穿了自己最喜欢的一件蓝衬衫，一条深蓝色西装裤，打了条深蓝色的领带，揽镜自视，除了没有一张"成熟而长大的脸"之外，都还好。他一再梳好他那不太听话的头发，心里轻轻诅咒了自己一句：又不是去相亲！假若不为了失去宝贝……是的，宝贝，在去赴约前的一刹那，他心里想的还是那个轻烟轻雾的女孩——

宝贝。

舞会是借了市政系学生所租的一间独栋洋房，那洋房有着大大的客厅。那晚十分热闹，来参加的男男女女有二三十对。全是大学生，淡江、铭传、东吴、辅仁、文大……各校的同学全有。七点三十分，舞会就开始了，方克梅穿了件纯白的洋装，襟上别了朵紫色兰花，又高贵，又漂亮。徐业平也穿上了他那一百零一套西装，是他考进大学父母送的礼物，灰色的。他们是很出色的一对，在大厅里舞了又舞，旋转了又旋转。七时四十分。袁嘉佩没出现。

七点五十分。袁嘉佩没出现。

八点整。袁嘉佩没出现。

大厅里人越来越多了，韩青却越来越气闷了。他走到窗边，点燃一支烟，无聊地吐着烟雾，抽烟是在补习班里学来的，从此就戒不掉了。他吐着烟雾，不去想那个袁嘉佩，开始去想他生命里的一些女孩——奇怪，他生命中一直没缺过女孩子，除宝贝以外，还有别人，只是，他居然都没有特别珍惜过任何一个人。就算对宝贝，他也是可有可无的，不是吗？小说家笔下惊天地、泣鬼神的爱情都是杜撰，都是虚构，都是些胡说八道，偏偏就有些傻瓜读者会去相信那些鬼话！

八点十分。方克梅忽然带了一个女孩子，站在他面前了。

"韩青！"方克梅笑着说，"袁嘉佩来了！"

他一惊，挺直背脊，定睛看去，他接触了一双温温柔柔的大眼睛、一张白白净净的脸庞，和一个恬恬淡淡的微笑。"对不起，我来晚了。"她说，"本来想不来了，怕方克梅生气。"哦？只怕方……克梅生气？当然，你韩某人只是个无名小卒呢！他来不及答话，方克梅已经翩然离去，把那个身材娇小、纤瘦、文雅而高贵的女孩留给了他。是的，纤瘦、文雅、高贵、秀丽……一时间，好多好多类似的文字都在他脑子里堆砌起来了，而令他惊愕的，是这些文字加起来，仍然描写不出她给他的第一个印象。他慌忙伸出手去跟她握了握手，很懊恼于自己一手心都是汗。

"不管怎样，我还是谢谢你来了。"他说，熄灭了烟蒂，"愿意跳舞吗？"他简单明了地问，跳舞可以缓和人与人间的陌生感。"很愿意。"他们滑进了舞池，开始跳舞。他这才发现，她居然穿着条牛仔裤，一件米色带碎花的衬衫，那么随便，完全不像参加舞会的样子。不管怎样，她并没有重视这舞会，不管怎样，她并没有重视那张纸条！不管怎样，她对这种"介绍游戏"完全不感兴趣。但是，不管怎样，当他盯着她的眼睛发现她正毫不掩饰地、仔仔细细地打量着他时，他居然有"震动"的感觉！不是盖的。接下来，他们居然谈起话来了。大概是她那种不在乎、不认真的态度刺伤了他，更可能，是她那停匀的身材、姣好的面貌（感谢方克梅，没有弄个母夜叉来捉弄他）带给他的意外之喜，他竟然觉得非在这个女孩面前"坦白"一点，非要让她真正认识他一点不可！"你相不相信，"他说，"我现在虽然和你在跳舞，我心里想的是另外一个女孩？"多妙的谈话！是想"语不惊人死不休"吗？他说出口就后悔了，世界上有这么笨拙的人，这么幼稚的人，这么虚荣的人，这么不成熟的人——他的名字叫韩青！

她正色看他，收起了笑容，他看不到她那细细的白牙齿了。她表情郑重而温柔，她眼睛里闪着优柔的光芒，深深地望进他眼睛深处去。"你相不相信，"她一本正经地接口，"我现在虽然和你在跳舞，我心里想的也是另外一个男孩？"

他瞪着她，他猜，自己的表情一定很傻很驴。

"我不相信。"他说，很肯定地。

"你该相信。"她点着头。

"为什么？"他摇着头。

"我不会为了一个把我名字都写错的男孩来赴约会，除非我正对另外一个男孩不满意。"

"哦？"他睁大了眼睛，"我写错了你的名字？你不叫袁嘉珮？""是袁嘉佩，不是斜玉旁的珮，是人字旁的佩。可见，你对我一无所知。"该死，他想，真的写错了。他凝视她，凝视着凝视着，突然间，他们同时笑了起来。她的笑那么温和那么潇洒那么动人，使他的心立刻像鼓满风的帆，充满生气活力和冲劲了。

"对不起。"他说，又接了句，"谢谢你。"

"什么对不起？什么谢谢你？"她追问。"对不起的，是我把你的名字写错了。谢谢你的，是你对另外一个男孩不满意。"她挑起了眉毛，瞅着他，好惊异又好稀奇。然后，她大笑了，笑得坦率、纯真，而快活。

"你是个很有点古怪的男孩子，"她笑着说，"我想，我不会后悔来这一趟了。"接下来，谈话就像一群往水里游的鱼，那么流流畅畅地开始了。那个晚上，他们谈了好多好多话，好像两个早该认识而没有认识的朋友，都急于弥补这之间的空隙似的。他告诉了她，他是个来自屏东万峦乡的乡下孩子。她告诉他，她出自名门，祖父是个大将军，父亲也才从军中退休，开了家玩具公司，她是地道的军人子弟，湖北籍。

"想不到吧？"她扬着眉毛，笑语如珠地说，"我家的家教严肃，从小好像就在受军事训练，家里连谈天说笑都不能随便，可是，就出了我这样一个任性的、不按牌理出牌的女儿。"

他盯着她。想不到吧？一南一北，来自两个世界的人，居然会在一个刻意安排的环境下邂逅？

"告诉我一些你的事，"她忽然说，"那个女孩怎样了？"

"什么女孩？"他怔着。

"你心里想着的女孩子呀！"

"哦！"他恍然，睁大眼睛，"她呀！"

"她怎么呢？"她追问。爱追根究底的女孩子！

"她不算什么。"他摇摇头。

"真有她吗？"她怀疑地问。

"真有她。"他点点头，很认真，"还不止一个，有好多个！""哇！真鲜！"她舔舔舌头，"啧啧，有那么多女朋友，你的感觉如何？""乱烦的！"她笑了，为他的吹牛而笑了。他也笑了，为她的笑而笑了。然后，时间是如飞般消逝，整个晚上像是一眨眼而已。方克梅、吴天威、徐业平每次从他们身边滑过，都会对他眨眼睛做鬼脸。他的心喜悦着，从来没有这样喜悦过。以前的那些女友，都不算什么了，真的不算什么了！有一瞬间，他觉得自己像踩在云雾里，那种新鲜感，那种从内心深处绽放出的渴望，快活，仿佛——他以前都白活了。虽然，面前这女孩，他才第一次遇见！那晚，他们还谈过些什么，他都不记得了。连方克梅是什么时候切生日蛋糕的，他也不记得了。徐业平唱了好多歌，又弹吉他，反正，他都不记得了。只记得最后，是他送她回家的。她住在三张犁，距离她家还有一条巷子，她就不许他再送了。她说："如果让我妈看到这么晚，我被男孩子送回家，准把我骂到明天天亮。""哦，"他一怔，"大学二年级了，还不准交男朋友吗？"

"准。但是，要由他们先挑选。不过，"她瞅着他，"你也不能算是我的'男朋友'呢！"

他点点头："给我时间。目前，你也不能算是我的女朋友。不过，没关系，我也会给你时间。""哦！"她惊愕地扬着眉，"你这人真……真够狂的！够怪的！再见！"她想跑。"等一等！"他喊，"告诉我你的电话号码。"

她犹豫了片刻。"好！"她眼里闪着一丝狡黠，"我告诉你，可是，我只说一次，不说第二次。如果说了你记不住，我就不再说了。"

"可以。"他回答，集中了所有的注意力，他知道她真的只会说一次。"听好了！"她说，然后，她飞快地报了一个数位，速度快得像连发机关枪，而且越报越低，最后一个数字已轻得像耳语。她说："七七四三五六八八。"

说完，她不等他再问，就像闪电一般，转入巷子，飞快地消失了身影。他呆站在路灯下，像傻子似的背诵着那数目字，一面背诵，一面从口袋里掏出圆珠笔，在手臂的皮肤上写下那个号码。写完了，他转身往回走，自信没有记错任何一个字。他吹着口哨，心情轻快。明早第一件事，打个电话向她问好，也显示显示自己的记忆力。他走着走着，口哨吹着吹着，忽然，他觉得有点怪异，越想就越怪异，停在另一盏路灯下，他卷起衣袖去看那号码："七七四三五六八八。"

他呆住，不吹口哨了，数一数，整整八个号码。再数一遍，还是八个号码。老天！全台北市的电话，都是七个数目字，何来八位数！他大叹一声，靠在电杆木上。那个聪明的、调皮的、狡黠的、灵慧的女孩子啊！他还是被她捉弄了。

第二章

　　韩青住在水源路，是一栋三层楼独栋的房子，房东全家住了一二楼，再把三楼的两间房间分租给两个外地来的大学生，韩青住一间，另一间是东吴法律系的学生，弹一手让人羡慕得要死的好吉他，这年代，差不多的大学生都会弹吉他唱民歌，而且会作曲兼编谱。乖乖，这时代的年轻人都有无师自通的音乐细胞，本来嘛，非洲小黑人在最原始的森林里就懂得击鼓作乐，唱出他们的喜怒哀乐，而他们，没有一个人学过小蝌蚪——五线谱。

　　韩青和隔壁的大学生并不很熟，他姓王，韩青就叫他吉他王。有一阵，韩青也想学学弹吉他，吉他王教过他，徐业平也教过他，只是他没有太大耐心，学了一阵就抛开了。水源路的房子怪怪的，像公寓，楼梯在屋子外面，却矮矮的只有三层。韩青就喜欢它的独立性，有自己的房门钥匙，不必经过别人的客厅和房间就可直达自己的。而且有自用的洗手间。但是，要打电话就不同了，低额的房租，不会再让你拥有电话。所以，打电话总要从房东太太那儿借，借多了就怪不好意思的。而外面打进来电话就更难了，房东太太要在阳台上喊话，去接听的时候又要顾及自己是否衣冠整齐。当然，也可以到外面去打公用电话，最近的一个电话亭，要走十五分钟。一九七七年十月二十五日，晨，九点三十分。

韩青的第一通电话打到袁家，是在房东太太家打的。房东太太去买菜了，六岁大的小女儿安安温婉动人，开门让他进去尽量用电话。哈，那个八个字的电话号码可让他伤透了脑筋。但，直觉告诉他，这八个字里准有七个字是对的，只要除掉那一个多的号码就行了。很简单，应该很简单，一定很简单，绝对很简单！他终于接通了那个电话。袁嘉佩本人来接听的，她读的是夜间部，白天都不上课。听到韩青的声音，她那么惊讶，那么稀奇。"你怎么打得通这个电话？"她半惊而半喜。"我知道，准是方克梅告诉你的！""不不！如果找方克梅，就太没意思了！"他说，有点得意。"号码是你自己告诉我的！你怎么忘了？昨天晚上，你亲口告诉我的！""可是……可是……"她嗫嚅着，笑着，稀奇着，"我给你的号码好像……好像……嘻嘻，嗯，哈哈……"

"嘻嘻，嗯，哈哈！"他学着她的声音，强调地哼着。"你的号码很正确，只是多了一个字，我把那多的一个字删掉，就完全正确了，很简单。这是个排列组合的数字游戏，告诉你，我的数学也不坏，八个数字里任取七个，有个公式，名字叫 P（7，8），可是你的数字里有两个重复号码，七七和八八，所以，它的公式是 C 的取 3 乘 2 的阶乘除以两倍的 2 的阶乘加上 2 乘 7 的阶乘除以 2 的阶乘，等于一万零八十种。所以，我只要按着顺序，打它一万零八十个电话，就一定可以打通了。"

"什么阶乘不阶乘？你把我头都搞昏了，你在讲绕口令吗？别乱盖我了！"袁嘉佩是更加稀奇，更加惊异了，"我不相信，我连你这个公式都不相信！"

"否则，我怎么会打通呢？有人给了我这么一个测验题，我只好解题呀！""不信，不信，绝不信。"袁嘉佩笑着嚷，"有人帮了你的忙。有人在出卖我。""绝没有！发誓没有！"他斩钉截铁地说，也笑了，"不过，我当然不会笨到去打那么多电话！我只是动了点脑筋，就打通了。""怎么动的？"她好奇地问。

"请你吃午餐，在午餐时告诉你。"

"哦，原来你想请我吃午餐。"

"是。""可是……"她认真地犹豫着。

"不要说可是！"他打断她，"我请你吃午餐，然后去看场电影，然后散散步，然后，送你去辅大上课，六点四十分，你有一节你最爱的课，希腊文学。你上课，我当旁听生。"

"哇，"她又笑又惊奇地，"你都安排好了吗？"

"是。""你自己不上课吗？""我今天只有一节课，你猜课名叫什么？人力就业与社会安全。比你的电话号码还多一个字，说多复杂就有多复杂，我翘课，陪你去学点文学！"

"听说，你还有点文学细胞。"

"那不算什么。""没料到你还有数学头脑。"

"那也不算什么。""哈！什么都不算什么！那么，对于你，有算什么的事吗？"

"当然。""是什么？""你出来跟我吃午饭。"

"唉！"她悠悠然地叹了口长气，"在那儿见呢？"她低问，完全投降了。他的心欢悦起来，血液快速地在体内奔窜，头脑清醒而神采飞扬了。"师大后面有家小餐馆，叫小风帆，知不知道？"

"嗯，小风帆，很美的名字。"

"十一点半，小风帆见！或者，"他越来越急切了，"我现在来三张犁接你！""免了！"她笑嘻嘻地，"十一点半见！"

电话挂断了，他轻快地跳起来，用手去触天花板。把小安安拥在怀中结结实实地吻了吻，再三步并两步地走出房东家，跳跃着奔上楼梯，回到房间里，在屋子里兜了一个圈子，对着镜子，胡乱地梳理他早上才洗过的头，摸摸下巴，太光滑了，真气人！二十一岁了还没有几根胡子。唉唉！今天真好，什么都好！连那八个数字的电话号码，都好，什么都好！

于是，十一点半，他和袁嘉佩在小风帆见面了。

老天！她是多飘逸啊！多灵巧啊！多雅致啊！多细腻啊！今天的她和昨晚完全不一样了。她刻意装扮过了，头发才洗过，松松软软黑黑亮亮地披泻在肩上，脸上虽然不施脂粉，却那么白皙，那么眉目分明，她穿了件淡紫色衬衫，深紫色裙子，外面加上件绣着小紫花的背心。猛然一看，真像朵小小的紫菀花。他多么喜悦，因为她刻意装扮过了，为了他，只是为了他。"告诉我，"她急切地说，"你那个绕口令是什么玩意儿？"

"不是绕口令，是真的。"他在餐巾纸上写下一个方程式 c43×72！×2！＋2×7！2！＝10080 递给了她，"这就是我念出来的那个阶乘乘阶乘的东西，你瞧，你给了人多大的难题！从没碰到过像你这样的女孩，如果我数学不好，嗯哼，我岂不完了！""别盖了！讲真的！"她瞅着他，笑着，祈求着。

"好，讲真的。"他认真地看她，"不过，讲出来你就不会觉得好玩了。还是不讲的好！"

"讲讲！"她好奇极了，"一定要讲！"

"其实，"他笑了，"好简单，我打了个电话给电信局，问他们七字头的电话是不是每个数位都有，因为我知道三张犁是属于七字头的，结果，电信局小姐告诉我，没有七七四，只有七七三。所以，那个四字是你加出来的，我只要去掉你加的数字，就对了！""哦？"她睁大了眼睛张大了嘴，"就这么简单？"

"就这么简单。"他说，有些后悔，不该告诉她的。

她的眼睛亮闪闪的，她的嘴唇润润的，她的面颊上泛出了淡淡的红晕。"唉！"她叹口气，却掩饰不住眼中的折服，"你是个相当聪明的家伙，我该对你小心些！"

"不必小心……"他冲口而出，"只要关心！"

"唉！"她再叹气，眼底有武装的神色，"你……"

"别说！"他阻止她，慌忙更正，"说错了，不要你关心，只要你开心。"她用手遮住眼睛笑了。不愿给他看到，不愿让他知道她那么容易接近，更不愿让他知道这么短暂的时光里，他已给了她多深刻的印象。她遮着眼睛笑，可是，笑着，笑着，她的手就落到桌面上去了。她不能不坦率地面对他，那个漂亮的小男生！哦，真的，那带着几分稚气的脸庞，那蓬松的头发，那动人的眼神和纯真的笑；真的，是个漂亮的小男生呢！

于是，这一整天，完全按照了他所计划的，他们吃了午餐，散步，看了场电影，晚上，他们在辅仁大学的餐厅"仁园"里共进简单的晚餐，他再陪她去上了课。

上会话课时，出了件小小错误，那位原名叫约翰的外国教授，竟以为韩青是班上的学生，居然谁也不找，就找上了他，用英文问了他一大堆问题。袁嘉佩心都提到了喉咙口，那个念什么"劳工关系"，会算什么阶乘乘阶乘的家伙，可别当众出丑啊！她坐在那儿，头都不敢回。可是，当她惊愕地听到韩青流利的回答时，她简直惊呆了，难道这家伙什么都懂一点吗？然后，她听到身后有两位女同学在窃窃私语，讨论这"新"来的"男生"时，她突然就那么，那么，那么地骄傲起来了。这就是，一个男孩和一个女孩相遇、认识、欣赏的开始。几天后，在韩青的日记上就有这样几句：

方克梅问我，喜欢袁嘉佩没有？
我说很喜欢。方克梅说袁嘉佩很不简单，
要我放慢脚步等袁嘉佩。
如今我在想袁嘉佩，会不会加紧脚步跟上来。

第三章

十一月中的一个下午，天气凉凉的，秋意正浓。袁嘉佩第一次跟韩青到了他的家——水源路的小屋里。

一张床、一张书桌、一张椅子、一盏台灯、一个唱机、一个壁橱、一间浴室……很多的"一"，却有无数的肥皂箱，肥皂箱叠了起来，里面堆着无数的书，和无数的唱片。

袁嘉佩好紧张，坐在那唯一的一张椅子上，不停地用手指绕着头发，眼光跟着韩青转。韩青把她的课本放在桌上，她晚上还要去上课，没看过比她更用功、更不肯翘课的女孩子，而且，她还是班代表呢！如果不是有太多的英文生字要查，而没有任何一个地方适合去做功课，她大概还不肯跟他回家呢！

他倒了一杯水给她。她端着杯子，小小心心地润了润嘴唇，眼角偷瞄着他，很不放心似的。

"怎么了？"他问，"不渴吗？"

"不，"她轻哼着，"问一个问题，你别生气。"

"好。你问。""这杯水里面——"她细声细气地说，"有没有放迷幻药什么的？"他瞪着她。生气了。她把他想成什么样的人了？会有那么卑鄙吗？怪不得从不肯跟他回家呢。他什么话都没说，只是抢过那杯水来，仰着头一饮而尽。

"啊！"她轻呼着，"说好了不生气的！"

"没生气。"他简短地说。坐在床沿上，他打开她的英文课本，拿起字典，帮她查起英文生字来，一面查，一面头也不抬地说："你去听唱片吧，有你最喜欢的披头，有奥丽薇亚·纽顿－约翰，有好多歌星的歌。"

她偷眼看他。他很严肃的样子，低着头，不苟言笑，只是不停地翻字典。她有些心慌慌，从没看过他这样。呆呆地坐在那儿，她一个劲儿地用手指绕头发，半天，才说了几句话，很坦白的几句话："很多同学都在谈，你们住在外面的这些男生，都有些鬼花样。而且……而且……你的名誉也不是很好。有人警告我，叫我离你远一点。"他从字典上抬起头来了，正色地看着她：

"我知道我的名誉并不很好，我也没有隐瞒过你什么事，我交过好多女朋友。但是，我不需要用什么迷幻药，如果我真要某个女孩子，我想，我的本身比迷幻药好。"

她瞪着他，迷惑的。"看着我！"他说，忽然把手盖在她那紧张兮兮的手上，握紧了她，"我可能永远只是个小人物，但是，我有很丰富的学识，有很高的智慧，有很好的涵养，有第一流的口才……像我这样一个人，会需要用卑鄙的手段来达到什么目的吗？"

"噢！"她轻呼着，"你凭什么如此自负？"

"我培养了二十年，才有这一个自负，你认为我该放弃吗？"她的眼睛睁得更大了。

"他们说你狂妄，我现在才明白你有多狂妄！奇怪，在我前面那些女孩呢？她们都不能在你心里刻上痕迹吗？都不能占据你的灵魂吗？还是——你从没有真正想要过她们？想奉献过你自己？"他不答，只是静静地凝视她。半晌，他才说：

"你要我怎么回答？过去的一切不见得很美很美。你要我细说从头，来剖析我自己吗？来招供一切吗？如果你要听，我会说，很详细很详细地说……"

"哦，不不。"她慌张地阻止，"你不必说。"

"因为你还不准备接受我！"他敏锐地接口，"好，那么，我就不说，反正，那些事情也……"

"不算什么！"她冲口而出地接了一句，只因为这"不算什么"是他的口头语，他总爱说这个不算什么，那个不算什么。她一说出口，他就怔住了。然后，他瞪她，然后，她瞪他，然后，他们就一块儿笑起来了。

笑是多么容易拉拢人与人间的距离，笑是多么会消解误会。笑是多么甜甜蜜蜜、温温暖暖的东西呀，他们间的紧张没有了，他们间的暗流没有了，他们间的尴尬没有了。但是，当她悄悄把自己的手从他手中抽出去的时候，他才知道，他绝不能对她孟浪，正像方克梅说的，她是个保守的、矜持的乖女孩。他有一丝丝受伤，接受我吧！他心里喊着。可是，他却又有点矛盾的欣赏和钦佩感，她连握握手都矜持，一个乖女孩，一个那么优秀、那么活泼、那么有深度、那么调皮，却那么洁身自爱的女孩！如果以前从没有男孩招惹过她，那么，他更该尊敬她。越是难得到的越是可贵。他生命中所有的女孩都化为虚无……只有眼前这一个：温柔地笑着、恬然地笑着、安详地笑着，笑得那么诱人那么可爱，却不许他轻率地轻轻一触。他叹口气，挺直背脊，打开书本，正襟危坐，继续帮她查英文生字。"去去去！"他轻叱着，"去听你的音乐去！"

"好！"她喜悦地应着，跑去开唱机，翻唱片，一会儿，他就听到她最喜爱的那支 *all kinds of everything* 在唱起来了。他抛开字典，倾听那歌词，拿起一张纸，他不由自主地随着那歌声，翻译那歌词：

雪花和水仙花飘落，

蝴蝶和蜜蜂飞舞，帆船、渔夫和海上一切事物，

许愿井、婚礼的钟声，

以及那早晨的清露，万事万物，万事万物，

都让我想起你——不由自主。

海鸥，飞机，天上的云和雾，

风声的轻叹，风声的低呼，

城市的霓虹，蓝色的天空，

万事万物，万事万物，

都让我想起你——不由自主。

夏天，冬天，春花和秋树，

星期一、星期二都为你停驻，

一支支舞曲，一句句低诉，

阳光和假期，都为你停驻，

万事万物，万事万物，

都让我想起你——不由自主。

夏天，冬天，春花和秋树，

山河可变，海水可枯，

日月可移，此情不变，

万事万物，万事万物，

都让我想起你——不由自主！

哦，美好的时光！美好的青春！美好的万事万物！就有那么一段日子，他们每天下午窝在水源路的小屋里，她听唱片，他查字典，却始终保持着那么纯那么纯的感情，他只敢握握她的手，生怕进一步就成了冒犯。直到有一天，他正查着字典，她弯腰来看他所写的字，她的头发拂上了他的鼻尖，痒痒的。他伸手去拂开那些发丝，却意外地发现，在她那小小的耳垂上，有一个凸出来的小疙瘩，像颗停在花瓣上的小露珠。他惊奇地问："你耳朵上面是个什么？"

"噢！"她笑了，伸手摸着那露珠，"我生下来就有这么个小东西，湖北话，叫这种东西是鸵鸵，所有圆圆的鼓出来的东西都叫鸵鸵，所以，我小时候，祖父祖母都叫我鸵鸵。"

"鸵鸵？"他几乎是虔诚地看着她，虔诚地重复着这两个音，"怎么写？""随你怎么写，鸵，一个发音而已。"

"鸵鸵。"他念着，她的乳名。"鸵鸵。"他再念着，只有她有的特征。"鸵鸵。"他第三次念，越念越顺口。"鸵鸵。"他重复了第四次。"你干什么？"她笑着说，"一直鸵鸵啊鸵鸵的。"

"我喜欢这两个字，"他由衷地说，惊叹着，"我喜欢你的耳垂，我喜欢只有你才有的这样东西——鸵鸵。啊！"他长叹，吸了口气，"我喜欢你，鸵鸵。"

他把嘴唇盖在她的耳垂上，热气吹进了她的耳鼓，她轻轻颤动，软软的耳垂接触着他软软的嘴唇，她惊悸着，浑身软绵绵的。他的唇从她的耳垂滑过去，滑过去，滑过她平滑光洁的面颊，落在她那湿润、温热、柔软的嘴唇上。

从没有一个时刻他如此震动，从没有一个时刻他如此天旋地转，在他生命中，这绝不是他的初吻，是不是她的，他不敢问，也不想知道，但，生平第一次，他这样沉入一个甜蜜醉人的深井里，简直不知自身之存在。哦，鸵鸵！鸵鸵！他心中只是辗转低呼着这名字。拥她于怀，拥一个世界于怀。一个世界上只是一个名字——鸵鸵。湖北话，它代表的意思是"小东西"。"小东西"，这小东西将属于他。他辗转轻吻着那湿热的唇。鸵鸵，一个小东西。一粒沙里能看世界，一朵野花里能见天国，在掌中盛住无限，一刹那就是永恒！哦，鸵鸵，她是他的世界，她是他的天国，她是他的无限，她是他的永恒。

第四章

　　韩青始终不能忘怀和鸵鸵初吻时，那种天地俱变、山河震动、世界全消、时间停驻的感觉。这感觉如此强烈，带着如此巨大的震撼力，是让他自己都感到惊奇的。原来小说家笔下的"吻"是真的！原来"一吻定江山"也是真的！有好些天，他陶醉在这初吻的激情里。可是，当有一天他问她，她对那初吻的感觉如何时，她却睁大了她那对黑白分明的眸子，坦率地、毫不保留地说："你要听真话还是听假话？"

　　废话！韩青心想。他最怕袁嘉佩说这种话，这表示那答案并不见得好听。"当然要听真的！"他也答了句废话。

　　"那么，我告诉你。"她歪着头回忆了一下，那模样又可爱又妩媚又温柔又动人。那样子就恨不得让人再吻她一下，可是，当时他们正走在大街上，他总不便于在大庭广众下吻她吧！她把目光从人潮中拉回来，落在他脸上，她的面容很正经，很诚实。"你吻我耳朵的时候，我只觉得好痒好痒，除了好痒，什么感觉都没有。等你吻到我嘴唇时……嗯，别生气，是你要问的哦……我有一刹那没什么思想，然后，我心里就喊了句：糟糕！怎么被他吻去了！糟糕！怎么一点感觉都没有？糟糕，怎么不觉得 romantic？糟糕！被他吻去了是不是就表示我以后就该只属于他一个人了？……"

"停！"他叫停。心里是打翻了一百二十种调味瓶，简直不是滋味到了极点。世界上还能有更扫兴的事吗？当你正吻得昏天黑地，灵魂儿飞入云霄的当儿，对方心里想的是一连串的"糟糕"。他望着她，她脸上那片坦荡荡的真实使他更加泄气，鸵鸵，你为什么不撒一点小谎，让对方心里好受一点呢？鸵鸵，你这个让人恨得牙痒痒的小东西！

袁嘉佩看看他，他们在西门町的人潮里逛着，他心里生着闷气，不想表现出来，失意的感觉比生气多。他在想，他以后不会再吻她，除非他有把握她能和他进入同一境界的时候。鸵鸵，一个"小东西"而已，怎么会让他这样神魂失措，不能自拔！"哎哟！糟糕！"她忽然叫了一声，用手捂着耳朵。

"怎么了？"他吓了一跳，盯着她，她脸色有些怪异，眼睛直直的。"我的耳朵又痒了！"她笑起来，说。

"这可与我无关吧？"他瞪她，"我碰都没碰你！"

"你难道没听说过，当有人心里在骂你的时候，你的耳朵就会痒？""嗯，哼，哈！"他一连用了三个虚字，"我只听说，如果有人正想念着你的时候，你的耳朵就会痒。"

"是吗？"她笑着。"是的。"他也笑着。

她快活地仰仰头，用手掠掠头发，那姿态好潇洒。她第一次主动把手臂插进他手腕中，与他挽臂而行，就这样一个小动作，居然也让韩青一阵心跳。

几天后，他买了一张小卡片，卡片正面画着个抱着朵小花的熊宝宝，竖着耳朵直摇头。卡片上的大字印着：

最近耳朵可曾痒痒？

下面印了行小字：

有个人正惦记着你呢！

他在小卡片后面写了几句话：

鸵鸵：
　　耳朵近日作怪，痒得发奇，想必是你。今夜又痒，跑出去买了此卡，稍好。

青

他把卡片寄给了她。他没想到，以后，耳朵痒痒变成了他们彼此取笑、彼此安慰、彼此表达情衷的一种方式。而且，也在他们后来的感情生涯中，扮演了极重要的角色。

十一月底，天气很凉了。

这天是星期天，难得的，不管上夜校还是上日校的人，全体放假，于是，不约而同地，大家都聚集到韩青的小屋里来了。徐业平带着方克梅，吴天威还是打光棍儿，徐业平那正念新埔工专、刚满十八岁的弟弟徐业伟也带着个小女友来了。徐业伟和他哥哥一样，会玩，会闹，会疯，会笑，浑身充满了用不完的活力。他还是个运动好手，肌肉结实，田径场上，拿过不少奖牌奖杯。游泳池里，不论蛙式、自由式、仰式……都得过冠军。他自己总说：

"我前辈子一定是条鱼，投胎人间的。因为没有人比我更爱水，更爱海。"其实，徐业伟的优点还很多，他能唱，能弹吉他，还会打鼓。这天，徐业伟不但带来了他的小女友，还带来了一面手鼓。徐业伟介绍他的女友，只是简单的一句话：

"叫她丁香。""姓丁名香吗？"袁嘉佩好奇地问，"这名字取得真不错！"

"不是！"徐业伟敲着他的手鼓，发出很有节奏的"砰砰，砰砰砰"的声音，像海浪敲击着岩石的音籁，"她既不姓丁，也不叫香，只因为她长得娇娇小小，我就叫她丁香，你们大家也叫她丁香就对了！"丁香真的很娇小，身高才只有一五五厘米左右，站在又高又壮的徐业伟身边，真像个小香扇坠儿。丁香，这绰号取得也很能达意。她并不很美，但是好爱笑，笑起来又好甜好甜，她的声音清脆轻柔，像风铃敲起来的叮当声响。她好年轻，大概只有十六岁。可是，她对徐业伟已经毫无避讳，就像小鸟依人般依很着他，用崇拜的眼光看他，当他打鼓时，为他擦汗，当他高歌时，为他鼓掌，当他长篇大论时，为他当听众。韩青有些羡慕他们。虽然，他也一度想过，现在这代的年轻人都太早熟了，也太随便了，男女关系都开始得太早了。于是，他们生命里往往会失去一段时间——少年期。像他自己，好像就没有少年期。他是从童年直接跳进青年期的。他的少年时代，全在功课书本的压力下度过了。至于他的童年，不，他也几乎没有童年……摇摇头，他狠命摇掉了一些回忆，定睛看徐业伟和丁香，他们亲呢着，徐业伟揉着丁香的一头短发，把它揉得乱蓬蓬的，丁香只是笑，笑着躲他，也笑着不躲他。唉！他们是两个孩子，两个不知人间忧苦的孩子！至于自己呢？他悄眼看袁嘉佩，正好袁嘉佩也悄眼看他，两人目光一接触，他的心陡然一跳，噢，鸵鸵！他心中低唤，我何来自己，我的自己已经缠绕到你身上去了。

　　鸵鸵会有同感吗？他再不敢这样想了。自从鸵鸵坦白谈过"接吻"的感觉之后，他再也不敢去"自作多情"了。许多时候，他都认为不太了解她，她像个可爱的小谜语，永远诱惑他去解它，也永远解不透它。像现在，当徐业伟和丁香亲热着，当方克梅和徐业平也互搂着腰肢，快乐地依偎着。……鸵鸵却离他好远，她站在一边，笑着，看着，欣赏着……她眼底有每一个人，包括乖僻的吴天威，包括被他们的笑闹声引来而加入的隔壁邻居吉他王。

　　是的，吉他王一来，房里更热闹了。

　　他们凑出钱来，买了一些啤酒（怎么搞的，那时大家都穷得惨兮兮），女孩子们喝香槟士。他们高谈阔论过，辩论过，大家都损吴天威，因为他总交不上女朋友，吴天威干了一罐啤酒，大发豪语："总有一天，我会把我的女朋友带到你们面前来，让你们都吓一跳！""怎么？"徐业伟挑着眉说，"是个母夜叉啊？否则怎会把我们吓一跳？"大家哄然大笑着，徐业伟一面笑，还一面"砰砰砰，砰砰砰"地击鼓助兴，丁香笑得滚到了徐业伟怀里，方克梅忘形地吻了徐业平的面颊，徐业平捉住她的下巴，在她嘴上狠狠地亲了一下。徐业伟疯狂鼓掌，大喊安可。哇，这疯疯癫癫的徐家兄弟。然后，吉他王开始弹吉他，徐业平不甘寂寞，也把韩青那把生锈的破吉他拿起来，他们合奏起来，多美妙的音乐啊！他们奏着一些校园民歌，徐业伟打着鼓，他们唱起来了。他们唱《如果》：

> 如果你是朝露，我愿是那小草，
>
> 如果你是那片云，我愿是那小雨，
>
> 如果你是那海，我愿是那沙滩……

他们又唱《下着小雨的湖畔》，特别强调地大唱其中最可爱的两句：

> 虽然我俩未曾许下过诺言，
>
> 真情永远不变……

唱这两句时，方克梅和徐业平痴痴相望，千言万语，尽在不言中，小丁香把脑袋靠在徐业伟的肩上，一脸的陶醉与幸福。韩青和袁嘉佩坐在地板上，他悄悄伸手去握她的手，她面颊红润着，被欢乐感染了，她笑着，一任他握紧她的手。噢，谢谢你！他心中低语：谢谢你让我握你的手，谢谢你坐在我身边，谢谢你的存在，谢谢你的一切。鸵鸵，谢谢你。他们继续唱着，唱《兰花草》，唱《捉泥鳅》，唱《小溪》：

> 别问我来自何方，别问我流向何处；
> 你有你的前途，我有我的归路……

这支歌不太好，他们又唱别的了，唱《橄榄树》，唱《让我们看云去》。最后，他们都有了酒意了，不知道为什么，他们大唱特唱起一支歌来：

> 匆匆，太匆匆，
> 今朝有酒今朝醉，昨夜星辰昨夜风！
> 匆匆，太匆匆，
> 春归何处无人问，夏去秋来又到冬！
> 匆匆，太匆匆，
> 年华不为少年留，我歌我笑如梦中！
> 匆匆，太匆匆，
> 潮来潮去无休止，转眼几度夕阳红！
> 匆匆，太匆匆，
> 我欲乘风飞去，伸手抓住匆匆！
> 匆匆，太匆匆，
> 我欲向前飞奔，双手挽住匆匆！

匆匆，太匆匆，

我欲望空呐喊，高声留住匆匆！

匆匆，别太匆匆！匆匆，别太匆匆！

是"少年不识愁滋味"吗？是"为赋新词强说愁"吗？
是知道今天不会为明天留住吗？是预感将来的茫然，是对未
来的难以信任吗？他们唱得有些伤感起来了。韩青紧握着鸵
鸵的手，眼眶莫名其妙地湿了。他心里只在重复着那歌词的
最后两句：

"匆匆，别太匆匆！匆匆，别太匆匆！"

第五章

方克梅特意来找韩青谈话，是那年冬天的一个早上，华冈的风特别大，天气特别冷，连那条通往"世外桃源"的小径都冻硬了，路两边的杂草都在寒风中瑟瑟发抖。方克梅和徐业平两个，一直不停地在说话。韩青踩在那小径上，听着远远的瀑布声，听着穿梭而过的风声，听着小溪的淙淙，只觉得冷，冷，冷。什么都冷，什么都冻僵了，什么都凝固了。包括感情和思想。"韩青，你别怪我，"方克梅好心好意地说，"介绍你和袁嘉佩认识的时候，我并不知道你会一头栽进去，就这样正经八百地认起真来了，你以前和宝贝，和邱家玉，和小翠都没认真过，这一次是怎么了？"

"我告诉你，"徐业平接口，"男子汉大丈夫，交女朋友要潇洒一点，拿得起，放得下，聚则聚，散则散……这样才够男子气！""呵，徐业平！"方克梅一个字一个字地怪叫着，"你是拿得起，放得下，聚则聚，散则散，够男子汉大丈夫啊！你是吗？是吗？……""不不不！我不是！我不是！"徐业平慌忙对方克梅竖了白旗，举双手作投降状。"我自从遇到你方姑娘，就拿得起，放不下啦，男子汉不敢当，大丈夫嘛——总还算吧！"他问到方克梅脸上去，"等你嫁给我，当我的小妻子的时候，我算不算你的大丈夫呢？""要命！"方克梅又笑又骂又羞又喜，在徐业平肩上狠狠捶了一拳。差点把徐业平打到路边的小溪里去。徐业平大叫：

"救命，有人要谋杀亲夫！"

韩青看着他们，他们是郑而重之地来找他"谈话"的，现在却自顾自地在那儿打情骂俏起来了。韩青一个人往前走，孤独，孤独，孤独。冬天，你怎么不能冻死孤独？他埋着头走着，还不太敢相信方克梅告诉他的：

"袁嘉佩另外还有男朋友，是海洋学院的，认识快一年了，他们始终有来往。所以，你千万不要对袁嘉佩太死心眼儿！"

不是真的，他想。是真的，他知道。

现在知道她为什么若即若离了，现在知道她为什么忽热忽冷了，现在知道她为什么在接吻时会想到一连串的"糟糕"了。不知那海洋学院的有没有吻过她？当时她想些什么？

"喂！韩青，走慢一点！"方克梅和徐业平追了过来。他们来到了那块豁然开朗的山谷，有小树，有野花，有岩石，有草原……只是，都冻得僵僵的。

"你真的'爱上'袁嘉佩了吗？"方克梅恳切地问，"会不会和宝贝一样，三分钟热度，过去了就过去了？你的历史不太会让人相信你是痴情人物。你知道，袁嘉佩对你根本有些害怕……""她对你说的吗？"他终于开了口，盯着方克梅，"是她要你和我谈的，是吧？""哦，这个……"方克梅嗫嚅着。

"是她要你来转告我，要我离她远一点，是不是？是她要你来通知我，我该退出了，是不是？"

"噢，她不是这意思，"方克梅急急地说，"她只觉得你太热情了，她有些吃不消。而且，她一直很不稳定，她是个非常情绪化的女孩。你相不相信，大一的时候，有个政大的学生，只因为打电动玩具打得一级棒，她就对人家崇拜得要死！她就是这样的，她说她觉得自己太善变了，她好怕好怕……会伤害你！"韩青走到一棵树下面，坐下来，用双手抱住膝，把下巴搁在膝盖上，呆呆地看着前面一枝摇摇曳曳的芦苇。

"喂！喂！"徐业平跳着脚，哈着手，"这儿是他妈的冷！咱们回学校去喝杯热咖啡吧！"

"你们去，我在这儿坐一下。"韩青头也不抬地说。

"韩青！"方克梅嚷着，"把自己冻病了，也不见得能追到袁嘉佩呀！""我不冷。"他咬着牙，"我只想一个人静一静。"

"那么，你在这儿静吧！"徐业平敲敲他的肩，忽然在他耳边低声问，"你什么时候下山？"

"不知道。"他闷声道。

"那么，"徐业平耳语着，"你房门钥匙借我，我用完了会把钥匙放在老地方。"他一语不发地掏出钥匙，塞进徐业平手里。这是老花样了。

徐业平再敲敲他的肩，大声说：

"别想不通了去跳悬崖啊！这可不是世界末日，再说嘛，袁嘉佩也没有拒绝你呀，如果没有一两个情敌来竞争一下，说不定还不够刺激呢！""哎哎哎，"方克梅又"哎"起来了，"你是不是在暗示我什么，想找点刺激吗？""不不不！"徐业平又打躬又作揖，"我跟他说的话与你无关，别尽搅局好不好？""不搅局，"方克梅说，"如果你们两个男生要说悄悄话，我退到一边去。"她真的退得好远好远。

"韩青，"徐业平脸色放正经了，关怀地、友情地、严肃地注视着他，不开玩笑了，他的语气诚恳而郑重，"我们才念大学三年级，毕业后还要服两年兵役，然后才能谈得上事业、前途，和成家立业。来日方长，可能太长了！我和小方这么好，我都不敢去想未来。总觉得未来好渺茫，好不可信赖，好虚无缥缈。那个袁嘉佩，在学校里追求的人有一大把，她的家庭也不简单，小方说，袁嘉佩父母心里的乘龙快婿不是美国归国的博士，就是台湾工商界名流的子弟。唉！"他叹口气。"或者，小方父母心里也这么想，我们都是不够资格的！"他安慰地拍拍他，"想想清楚吧，韩青，如果你去钻牛角尖，只会自讨苦吃。不如——今朝有酒今朝醉！你以前不是也只谈今朝，不谈明天的吗？""因为——"他开了口，"我以前根本没有爱过！"

徐业平望着他默默摇头。

"这样吧，我叫小方给你再介绍一个女朋友！""你的意思是要我放弃袁嘉佩?"

"不是。"徐业平正色说,"她能同时交两个男朋友,你当然也可以同时交两个女朋友,大家扯平!"

他不语,低头去拔脚下的野草。

"好了,我们先走一步了,我吃不消这儿的冷风!我劝你也别在这儿发傻了!""别管我,你们去吧!"

"好!拜拜!"方克梅和徐业平走了。

韩青坐在那儿,一直坐到天色发黑。四周荒旷无人,寒风刺骨。冻不死的是孤独,冻得死的是自负。忽然间,他的自负就被冻死了,信心也被冻死了,狂妄也被冻死了⋯⋯他第一次正视自己—— 一个寂寞的流浪的孩子,除了几根傲骨(已经冻僵,还没冻死),他实在是一无所有。那些雄心呢?那些壮志呢?那些自命不凡呢?他蓦然回首,四周是一片荒原。

很晚他才回到台北,想起今天竟没有打电话给鸵鸵,没有约她出来,没有送她去上课。但是,想必,她一定了解,是她叫方克梅来警告他的。鸵鸵,一个发音而已。你怎能想拥有一个抽象的发音?他在花盆底下摸到自己的钥匙,打开房门,进去了,说不出有多疲倦,说不出有多落寞,说不出有多孤寂。一屋子冷冷的空旷迎接着他。他把自己投身在床上,和衣躺在那儿,想象徐业平和方克梅曾利用这儿温存过。属于他的温存呢?不,鸵鸵是乖孩子,是不能冒犯的,是那么矜持那么保守的,他甚至不敢吻她第二次⋯⋯不,鸵鸵没有存在过,鸵鸵只是一个发音而已。模模糊糊地,他睡着了。

模模糊糊地，他做梦了。

　　他梦到有个小仙女打开了他的房门，轻轻悄悄地飘然而入。他梦到小仙女停在他的床前，低头凝视他。他梦到小仙女伸手轻触他的面颊，拭去那面颊上不自禁流出的泪珠。他梦到小仙女拉开一床棉被，轻轻轻轻地去盖住他那不胜寒瑟的躯体……他突然醒了。睁开眼睛他一眼就看到了鸵鸵，不是梦，是真的。她正站在那儿，拉开棉被盖住他。他这才想起，他给过鸵鸵一副房门钥匙，以备她要来而他不在家时用的。是她，她来了！她真的来了！他睁大眼睛看她，她的面颊白白的，嘴唇上没有血色，两眼却又红又肿。她哭过了，为什么呢？谁把她弄哭了？那该死的家伙！那该死的让鸵鸵流泪的家伙！他伸出手去，握住她的手。她那冻得冷冷的小手在他掌心中轻颤着，她瞅着他，那样无助地瞅着他，两行泪珠就骨碌碌地从她那大理石般的面颊上滚落下来了。该死！是谁把她弄哭了？是谁把她弄哭了？"鸵鸵。"他轻喊，声音哑哑的，都是在"世外桃源"吹冷风吹哑的。"鸵鸵，"他再喊，"你不要哭，如果你哭了，我也会掉眼泪的。"她一下子就在床前跪下来了，她用手指抚摩着他的眼睛、他的睫毛、他湿湿的面颊。"傻瓜！"她呜咽着说，"是你先哭的。你在睡梦里就哭了。"更多的泪珠从她面颊上滚落，她用双手紧紧抱住了他的头，低声喊了出来："原谅我！韩青！我不要你伤心的！我最怕最怕的就是让你伤心的！原谅我！原谅我！原谅我！"

　　为什么他的心如此跳动，为什么他的眼眶如此涨热，为什么他的喉咙如此哽痛，为什么他的神志如此昏沉？为什么他的鸵鸵哭得这样惨兮兮？他伸手去摸她的脸，她的头立刻俯了下来，她的唇忽然就盖在他的唇上了。

要命！又开始天旋地转了。又开始全心震撼了。又开始什么都不知道了。又开始接触到天国、世界、无限，和永恒了。

第六章

接下来的一段日子，他们几乎又天天见面了，即使不见面，他们也会互通一个电话，听听对方的声音。韩青始终没有问过她，关于那个海洋学院的学生的事，她也绝口不提。可是，韩青知道她的时间是很多的，辅仁夜校的课从晚间六点四十分开始上到十一点十分，她不见得每天都有课，偶尔也可以翘课一下，然后，漫长的白天都是她自己的。他只能在早晨九点半和她通个电话，因为她说：

"那时候才能自由说话，妈妈去买菜了，爸爸去上班了，老二、小三、小四都去念书了，家里只有我。"

他没想过是不是该在她的家庭里露露面。徐业平在"世外桃源"的一篇话深深地影响了他。使他突然就变得那么不敢去面对未来了。是的，未来是一条好漫长的路，要念完大学四年，要服完兵役两年，再"开始"自己的事业，如果能顺利找到工作，安定下来，可能又要一两年，屈指一算，五六年横亘在前面，五六年，五六年间可以有多大的变化！他连五六个月都没把握，因为，袁嘉佩那漫长的白天，并不都是交给他的。他也曾试探地问过她：

"昨天下午你去了哪里？"

或者是："今天下午我帮你查字典，你不要在外面乱跑了，好吗？当心又弄个胃痛什么的！"

她的"胃"是她身体中最娇弱的一环，吃冷的会痛，吃辣的会痛，吃难消化的东西也会痛。但是，她偏偏来得爱吃冰、爱吃辣、爱吃牛肉干和豆腐干。第一次她在他面前胃痛发作，是在"金国西餐厅"，刚吃完一客黑胡椒牛排，她就捧着胃瘫在那座位上了。她咬紧牙关，没有说一个"痛"字，可是，脸色白得就像一张纸，汗珠一粒粒从她额上冒出来。把他完全吓傻了。他捉住她的手，发现她整个人都是僵硬的；肌肉全绷得紧紧的，手心里也都是汗，她用手指掐着他，指头都陷进他的手臂里。他不知道发生了什么，直觉告诉他，非送医院不可。但她死抓着他，不许他去叫计程车，一迭连声地说："不要小题大做！马上就会好！马上，马上，马上就会好！"

"可是，你是怎么了？"他结舌地问，"怎么会痛成这样子？怎么会？""只是胃不好。"她吸着气，想要微笑，那笑容没成型就在唇边僵住了。"你不要急成这样好不好？"她反而安慰起他来了，"我这是老毛病，痛也痛了二十年了，还不是活得好好的？""没看过医生吗？""看过呀！"她疼痛渐消，嘴上就涌出笑容来了，虽然那脸色依旧白得像大理石，嘴唇依然毫无血色。"医生说没什么，大概是神经痛吧，你知道我这个人是有点神经质的。而且，女孩子嘛，偶尔有点心痛胃痛头痛的，才来得娇弱和吸引人呀！所以，西施会捧心，我这东施也就学着捧捧胃呀！"

她居然还能开玩笑，韩青已快为她急死了。

"你必须去彻底检查，"他坚决地说，"这样痛一定有原因，神经痛不会让你冷汗都痛出来了。改天，我带你去照 X 光！"

"你少多事了！我生平最怕就是看医生，我告诉你，我只是太贪吃了，消化不良而已，你去帮我买包绿色胃药来，就好了！"他为她买了胃药，从此，这胃药他就每天带着，一买就买一大盒。每次他们吃完饭，他就强迫性地喂她一包胃药，管她痛还是不痛。她对他这种作风颇不耐烦，总嫌他多此一举。但她也顺着他，去吃那包胃药，即使如此，她还是偶尔会犯胃病。每次犯胃病，韩青就觉得自己是天下最无能、最无用的人，因为他只能徒劳地看着她，却不知该如何减轻她的痛苦。午夜梦回，他不止一次在日记上疯狂地写着：

> 上帝，如果你存在。我不敢要求你让她不痛，但是，让我代她痛吧！我是如此强壮，可以承担痛楚，她已如此瘦弱，何堪再有病痛？

上帝远在天上，人类的难题太多了，显然上帝忽略了他的祈祷，因为每次痛的仍然是她而不是他。

韩青不敢追问海洋学院那学生的事，他只敢旁敲侧击，对于他这一手，袁嘉佩显然很烦恼，她会忽然间就整个人都武装起来："如果你希望我们的友谊长久维持下去，最好不要太干涉我的生活，也不要追问我什么。算算看，我们认识的时间才那么短，我们对未来，都还是懵懂无知的。韩青，你一定要真正认清楚我，在你真正认清楚我以前，不要轻言爱字，不要轻言未来，不要对我要求允诺，也不要对我来什么海誓山盟，否则，你会把我吓跑。"

他闷住了。真的，他不了解她。不了解她可以柔情地抱着他的头，哭泣着亲吻他。然后又忽然拒人于千里之外。甚至，和别的男孩约会着，甚至，对别的男孩好奇着。甚至——

虚荣地去故意吸引其他异性的注意。是的，她常常是这样的，即使走在他身边，如果有男孩对她吹口哨，她依旧会得意地抬高下巴，笑容满面，给对方一个半推半拒的青睐。这曾使他非常生气，她却大笑着说：

"哇！真喜欢看你吃醋的样子！你知不知道，你是我交过的男朋友里，最会吃醋的一个！"

"交过的男朋友？你一共交过多少男朋友？"他忍不住冲口而出。她斜睨着他，不笑了。半晌，才说："我有没有问你交过多少女朋友？等有一天，我问你的时候，你就可以问我了。"她停了停，看到他脸上那受伤的表情，她就轻轻地叹气了，轻轻地蹙眉了，轻轻地说了一句："我不是个很好的女孩，我任性、自私、虚荣，而易变……或者，你应该……"

"停！"他立刻喊。恐慌而惊惧地凝视她。不是为她恐慌，而是为自己。怎么陷进去的呢？怎么这样执着起来，又这样认真起来了呢？怎样把自己放在这么一个可悲的、被动的地位呢？怎么会像徐业平说的，连男子气概都没有了呢？他瞪着她。但，接触到她那对坦荡荡的眸子时，他长叹了一声。如果她命定要他受苦，那么，受苦吧！他死也不悔，认识她，死也不悔。然后，有一天，她忽然一阵风似的卷进他的小屋里，脸色苍白，眼睛红肿，显而易见是哭过了。她拉住他的手，不由分说地往屋外拉去，嚷着说：

"陪我去看海！陪我去看海！"

"现在吗？天气很冷呢！"

"不管！"她任性地摇头，"陪我去看海！"

"好！"不再追问任何一句话，他抓了件厚夹克，为她拿了条羊毛围巾。"走吧！"他们去了野柳。冬天的野柳，说有多冷就有多冷，风吹在身上，像利刃般刺着皮肤。可是，她却高兴地笑起来了，在岩石上跑着，孩子般雀跃着，一任海风飞扬起她的长发和围巾，一任沙子打伤了她的皮肤，一任冬天冻僵了她的手脚。她在每块岩石上跑，跳，然后偎进他怀里，像小鸟般依偎着他。用双手紧紧抱住他的腰，把面颊久久地埋在他的胸怀里。他搂着她，因她的喜悦而喜悦，因她的哀愁而哀愁。他只是紧搂着她，既不问她什么，也不说什么。

好久之后，她把面孔从他怀中仰起来，她满面泪痕，用湿漉漉的眼珠瞅着他。他掏出手帕，细心地拭去她的泪痕。

她转开头，去看着大海。那海辽阔无边，天水相接之处，是一片混混蒙蒙，冬季的海边，由于天气阴冷，蓝灰色的天空接着蓝灰色的海水，分不出哪儿是天空，哪儿是海水。

他挽着她，走到一块大岩石底下，那岩石正好挡住了风，却挡不住他们对海的视线。他用围巾把她紧紧裹住，再脱下自己的夹克包住她，徒劳地想弄热她那冷冷的手，徒劳地想让那苍白的面颊有些红润，徒劳地想弄干她那始终湿漉漉的眼睛。可是，他不想问为什么，他知道她最不喜欢他问"为什么"。"哦！"好半天，她透出一口气来，注视着海面，开了口。"你知道，我每次心里有什么不痛快，我就想来看海。你看，海那么宽阔，那么无边无际。我一看到海，就觉得自己好渺小，太渺小太渺小了。那么，发生在我这么渺小的一个人身上的事，就更微不足道了。是不是？"她仰头看他，热烈地问，"是不是？是不是？"他盯着她，用手指轻抚她那小小翘翘的鼻子、那尖尖的下巴、那湿润的面颊。"不是。"他低语。"不是？"她扬起眉毛。

　　"不是！""为什么不是？""海不管有多大，它是每一个人的海，全世界，不论是谁，都可以拥有海，爱它，触摸它，接近它。而你不是的，你对我而言，一直大过海，你是宇宙，是永恒，是一切的一切。"

　　她瞅着他，眼眶又湿了，他再用手帕去拭干它。"别管我！"她笑着说，"我很爱哭，常常就为了想哭而哭。"

　　"那么，"他一本正经地说，"哭吧！好好地哭一场！尽管哭！"

　　"不。"她笑着摇摇头，"你说得那么好听，听这种句子的女人不该哭，该笑，是不是？"她笑着，泪水又沿着眼角滚下。她把面孔深深地埋进他怀中，低喊着说："韩青！你这个傻瓜！全世界那么多可爱的女孩，你怎么会选上我这个又爱哭又爱笑又神经兮兮的女孩子，你怎么那么傻！你怎么傻得让我会心痛呢！我的胃已经够不好了，你又来让我的心也不得安宁。"

他鼻中酸楚，心中甜蜜，而眼中……唉，都怪海边的沙子。他用下巴摩擦她的头发，低语了一句："对不起。"

她蓦然从他怀中抬起头来了。

她的眼光直直地对着他，坦白、真切，而温柔地说：

"今天早上，我和那个海洋学院的男孩子正式分手了。我坦白地告诉了他，我心里有了另一个人，我怕，我的心脏好小好小，容纳不下两个人。"

他瞪着她，血液一下子就沸腾般满身奔蹿起来，天地一刹那间就变得光彩夺目起来，海风一瞬间就变得温柔暖和起来，而那海浪扑打岩石的声音，是世界上最最美妙的音乐。他俯下头去，虔诚而热烈地吻住她。这次，他肯定，她和他终于走入同一境界，那忘我的、飘然的境界。

那天晚上，他写了一张短笺给她：

> 我是我，因为我生下来就是我，
>
> 你是你，因为你生下来就是你，
>
> 但如果我因为你而有了我，
>
> 你因为我而有了你，
>
> 那么，我便不是我，你便不是你，
>
> 因为，我心中有你，你心中有我。

或者，元朝的管夫人泉下有知，也会觉得这些句子比"你泥中有我，我泥中有你"或"把咱两个，都来打破"来得更含蓄而深刻吧！

第七章

　　就像"去看海"一样突然，袁嘉佩有天坚持要他去见她的一位国文老师——赵培。

　　赵培大约已经七十岁了，满头白发苍苍，满额皱纹累累，却恂恂儒雅！谈吐非常高雅，充满了智慧，充满了文学，充满了人生的阅历和经验，韩青一看到他，几乎就崇拜上他了。

　　在赵家，他们度过了一个非常奇怪的晚上。赵师母和赵培差不多大，却没赵培那种满足的气质。她年轻时一定是个美人，因为，即使现在，她仍然有非常光滑的皮肤，和一双迷蒙蒙的眸子。她用羡慕的眼光看着韩青和袁嘉佩，坚持留他们吃晚餐。于是，袁嘉佩也下了厨房。这是第一次，韩青知道鸵鸵能烧一手好菜，她炒了道酸菜鱿鱼，又炒了道蚂蚁上树。赵师母煮了一锅饺子。菜端出来，鸵鸵用骄傲的眼光看他，说："我故意想露一手给你瞧瞧呢，菜是我炒的！"

　　他尝了尝鱿鱼，故意说："太咸了！"说完，他就开始不停筷子地吃鱿鱼，吃蚂蚁上树。赵培笑吟吟地看着他们两个，眼光好温和好慈祥。赵师母好奇地问了一句："你们什么时候认识的呀？"

赵培笑着说："他们在应该认识的时候认识了！"

师母说："你们在什么场合认识的呀？"

赵培说："他们在应该认识的场合里认识了！"

噢！好一个风趣幽默善解人意的老人呀！韩青的心欢乐着，喜悦着。也忽然了解鸵鸵为什么会带他来这儿了。她正把他引进她的精神世界里去呢！他那么高兴起来，整餐饭中间，他和赵培谈文学，谈人生，甚至谈哲学。谈着，谈着，他发现鸵鸵不见了。他四处找寻，赵培站了起来，往前引路说：

"她去探望太师母去了。"

"太师母？"他愕然道。

"我的母亲。"赵培说，"已经九十几岁了，最近十几年来，一直瘫痪在床上，靠医药和医生维持着。来，你也来看看她吧！她很喜欢年轻人，只是，记忆已经模糊了，她弄不清谁是谁了。"韩青跟着赵培走进一间卧房，立刻，他看到了鸵鸵，鸵鸵和一个老得不能再老的老人。那老太太躺在床上，头顶几乎全秃光了，只剩几根银丝。脸上的皱纹重重叠叠地堆积着，以至于眉眼都不大能分出来了。嘴里已没有一颗牙齿，嘴唇瘪瘪地往里凹着。她躺在那儿，又瘦又小，干枯得只剩下一堆骨骼了。但是，她那瘦小的手指正握着鸵鸵那温软的手呢！她那虚眯的眼睛也还绽放着光彩呢！她正在对鸵鸵说话，口齿几乎完全听不清楚，只是一片咿咿唔唔声。

可是，鸵鸵却热心地点着头，大声地说："是啊！奶奶！我知道啦！奶奶！我懂啊，奶奶！我会听话的，奶奶！……"赵培转头向韩青解释：

"她每次看到嘉佩，就以为是看到了我女儿，其实，我女儿在大陆没出来，如果出来的话，今年也快五十岁了，她印象里的孙女儿，却一直停留在十几岁。"

韩青走到老太太床前，鸵鸵又热心地把老太太的手放在韩青手上。那老太太转眼看到韩青了，那枯瘦的手指弱弱地握着他，似乎生命力也就只剩下这样软弱的一点力量了。她叽里咕噜地说了句什么，韩青完全听不懂。赵培充当了翻译："她说要你好好照顾兰兰——她指的是嘉佩。兰兰是我女儿的小名。她懂得——她懂得人与人间的感情，她也看得出来。"韩青很感动，说不出来的感动。看到那老太太挣扎在生命的末端，犹记挂着儿孙的幸福，他在那一刹那间体会的"爱"字，比他一生里体会的还强烈。

从老太太的卧室里出来，师母正端着杯热腾腾的茶，坐在客厅里发呆。看到袁嘉佩，师母长长地叹了口气："年轻真好！"韩青怔了怔，突然在师母脸上又看到那份羡慕，那份对年华已逝的哀悼，那份对过去时光的怀念。他想起屋里躺着的那副"形骸"，看着眼前这追悼着青春的女人。不知怎的，他突然好同情好同情赵培，他怎能在这样两个女人中生活？而且，他突然对"时间"的定义觉得那么困惑，是卧室里的太师母"老"？还是客厅里的师母"老"？他望着师母，冲口而出地说了句："师母，时间对每个人都一样，您也曾年轻过。"

师母深刻地看了他一眼。

"是啊！"她说，"可惜抓不回来了！"

"为什么总想去抓过去呢？"赵培的手安详地落在妻子的肩上，"过去是不会回来的。但是，你永远比你明天年轻一天，永远永远。所以，你该很快乐，为今天快乐！"

韩青若有所悟，若有所得，若有所获。

离开了赵家，他和鸵鸵走在凉凉的街头，两人紧紧地握着手，紧紧地依偎着，紧紧地感觉着对方的存在，紧紧地做心灵的契合与交流。"鸵鸵，"他说，"你是世界上最好的女孩。"

她偎紧他，不说话。"鸵鸵，"他再说，"世界上不可能有人比我更爱你了，因为不可能有人比我更了解你，今天一个晚上，我看到了好多个层面的你，不论是哪个层面，都让我欣赏，都让我折服。"

她更紧地依偎着他，还是不说话。

"鸵鸵，"他继续说，他变得多想说话啊，"我有我的过去，你有你的过去，从此，我们都不要去看过去。我们有现在。哦！最真实的一刻就是现在！然后我们还有未来，那么长久美好的未来。鸵鸵，让我们一起去走这条路吧，不管是艰辛的还是甜蜜的，重要的是我们要一起走！然后，等我们也白发如霜的时候，我们不会去羡慕年轻人，因为我们有回忆，有共同的回忆。我们会在共同的回忆里得到最高的满足。"

她抬眼看他了。"只是，"她细声细气地说，"我不想活得那么老。"

"什么？"他没听懂。"我不要像太师母那样老！"她说，头靠在他肩上，发丝轻拂着他的面颊，"我不要像一个人干一样躺在那儿等死，我也不要成为儿女的负担，尤其，不想只剩我一个人……"

"嗯，这样吧！"他豪爽地说，"你比我小两岁！"

"是。""我活到八十二，你活到八十，行不行？"

"行！""那么，一言为定！"他伸出手去。"我们握手讲定了，谁都别反悔！"她伸出手来，正要跟他握手，忽然觉得有些不对，这样一握下去，岂不是就"许下终身"了吗？她慌忙缩回手来，笑着跑开去，一面跑，一面说：

"你这人有些坏心眼，险些儿上了你的当！"

"怎么？"他追过去，抓住她，"还不准备跟我共度终生吗？"他眼睛闪着光，咄咄逼人的。

"你又来了！"她叹气，"我说过，你不能逼我太紧，否则我会怕你，然后我就会逃开！"

"我还有哪些地方让你不满意呢？"

"不是你，是我。""你还没有准备安定下来？""是。"他挽紧她，紧紧地挽紧她。

"真的？"他盯着她。"真的！"他捧住她的脸，想在街道的阴影中吻她。她重重用力一推，逃开了，他追过去，发现她正弯着腰笑着，很乐的样子。他想发脾气，但是，你怎能对一张笑着的脸发脾气呢？噢，鸵鸵，你是我命里的克星！他想：你非把我磨成粉，磨成灰，要不然，你是不会满足的。靠在一根路灯上，他长长地叹了口气。

她悄悄走近，把她暖暖的手伸进他手里。

"我只同意——"她一本正经地说，"你活到八十，我活到七十八。"噢！鸵鸵！我心爱的心爱的心爱的小人儿！他心中呼唤着，狂欢着，一下子把她整个人都拥入怀中。

第八章

　　然后，就是一连串幸福、甜蜜、温柔、快乐、狂欢的日子。如果说生活里还有什么欠缺，还有什么美中不足，那就是经济带来的压力了。韩青自从念大学，屏东家里就每个月寄给他两千元作为生活费，房租去掉了九百元，剩下的一千一百元要管吃、穿、学费、看电影、买书、车费，再加上交女朋友，是怎么样也不够的。所以，在认识鸵鸵以前，他总利用任何假期和晚上的时间出去打工赚钱。他做过很多很苦的工作，包括去塑胶工厂做圣诞树，去广告公司画看板，甚至，去地下的下水道漆油漆——一种防止下水道被腐蚀的工作。还去过食品加工厂当打捞工，浸在酸液中打捞酸梅，把皮肤全泡成红肿而褶皱的。至于各种临时工，例如半夜挖电缆、修马路、送货品……他几乎全做过。但是，鸵鸵来了，鸵鸵占据了他所有课后的时间，甚至占据了他的心灵，他很少再去当临时工了，随之而来的，是生活的拮据。

不能跟家里要钱的，家里已经够苦了。

不能跟徐业平借的，徐业平的父亲是公务员，家里也够苦了。他是泥菩萨过江，自身难保呢！

吴天威，吴天威也不见得够用！

为什么大家都闹穷呢？他就是想不通。但，那时，确实大家都穷得清洁溜溜。即使是这种穷日子，鸵鸵仍然带来无穷无尽的欢乐。他们把生活的步骤调整了一下，因为鸵鸵那么害怕父母知道她在外面有男朋友，她总说时机未到，韩青还不能在父母前亮相。韩青什么都听她的，总之，是要她过得快活呀！所以，每早的互通电话，开始由鸵鸵主动打给他了。小安安成了两人间的桥梁，负责"喊话"。每早通完这个电话，一天的节目才由这电话而开始——决定几时见面，几时吃饭，几时做功课。于是，这电话成为两人间非常重要的一件事了。

可是，电话也常出问题的。韩青常想，电话是什么？线的两端，系一个你，系一个我，于是，你"耳"中有我，我"耳"中有你。哈，想到这儿，他的耳朵就痒起来了，准是你作怪，鸵鸵。这天，由于"电话"，韩青在他的日记中写下这么一段记录：

鸵鸵：昨天用最后的十块钱为你买了一把梳子，我还剩三块钱。八点醒来，整理房间，等你电话。

八点二十分。刷牙洗脸，继续等你电话。

九点整。喝白开水。

九点三十分。下楼找房东，想借电话，她在洗衣服，不好意思开口。

十点整。她还在洗衣服，不管了，借了电话，铃响二十 二次，无人接听。

十点零五分。再跑下楼，打电话，无人接。

十点零五分至十点三十分。总共跑下楼十次，都无人接。

十点三十分。打电话给赵老师，也无人接。

十点四十分。焦急，考虑你是否出了事。

十点四十五分。打电话给徐业平，不在。

十点四十五至十二点。再打电话八次，没人接。

十二点零五分。打电话给师母，你没去过。

十二点十分。打电话给吴天威，告诉他我已三餐没吃饭（昨晚已经没钱吃晚饭了），他说要借钱给我，我怕你打电话来，不敢出去。

十二点三十分。看房东电视，坏了。

十二点四十五分。……一片空白。

一点整。只有一颗着急的心，担心你。

一点半。打死一只小老鼠。

两点整。还是没有动静，没有一人。

两点零一分。想你，想你。

两点零二分。喜欢你，喜欢你。

两点零三分。爱你，爱你。

两点零四分。问你，再问你，你在哪里？

两点零五分。很饿，很怕，担心你，担心你。

两点零六分。再打电话，没人接，铃响八次。

两点零七分。算算自己喝了多少白开水。十一杯。

两点零八分。胃开始痛，头发昏，还好，就是感觉越来越冷。手握热开水杯子，好点。

两点零九分。鸵鸵，你在哪里？放声大叫了：鸵鸵，你在哪里？

两点十分。烧开水，因为开水喝完了。

两点十一分。去向吉他王借钱，想去找你，吉他王也不在。

两点十二分。打开窗户，频频望马路，盼望你就在眼前。

两点十三分。有一种想大哭的冲动。

两点十五分。担心你的一切，不管你怎样，只要你没出事，没生病，什么都好。

两点十八分。另一杯好白好白好白的白开水。

两点二十分。打电话给方克梅。不在。

两点三十五分——你终于打电话来了，什么？你家电话坏了！但是你平安，你没事，你很好，哦，谢谢你，谢谢你，鸵鸵。谢谢你和上帝。

这天，当他们终于在小屋里见面了，鸵鸵看到了那时间记录，气得直跺脚，指着他的鼻子骂：

"天下有你这种傻瓜，饿了好几顿不吃东西，只为了我家电话坏了！你真笨！你真傻！你真要气死我！有我一个人闹胃病不够，你也要加入，是不是？"

他凝视她，傻傻地笑着，傻傻地看着她那两片说话好快好快的嘴唇，然后，他就傻傻地接了一句："你老了的时候，不知道会不会变得很噜苏！"

她扬起眉毛，瞪大眼睛狠狠地甩了甩头：

"不用等我老，我现在就很噜苏！我还要骂呢，我还要说呢，你身上没钱，为什么不告诉我？昨天就没吃饭，为什么不告诉我？还去帮我买那把见鬼的梳子，我告诉你，那不过是一把梳子，我已经有好多好多把梳子了……"

骂着骂着，她的眼圈红了，她的声音哑了，于是，他飞快地用唇堵住她的唇。而她却在他又灵魂都飞上了天的当儿，悄悄地把身上仅有的三百多元全塞进他的夹克口袋里。

这样的生活，这样的点点滴滴，穷也罢，苦也罢，什么都是甜蜜的，什么都是喜悦的。自从那个海洋学院的阴影去掉以后，韩青几乎不敢再向上帝苛求什么了。只要鸵鸵的心里，仅容他一个！这就是最美好的了，这就是最幸福的了。那时，鸵鸵正在修法文，她教了他第一句法文："开门打老鼠。""开门打老鼠？"他稀奇地，"这是法文？法国人真怪，开了门打老鼠，老鼠不是都跑掉了？应该关着门打老鼠，我有经验，关着门打老鼠，它就逃不掉了！"

鸵鸵笑弯了腰，用法文再发了一次音：

"开门打老鼠——意思就是，你好吗？"

"嗯，"他哼着，"不知道另外三个字法文怎么念？"

"什么另外三个字？""我爱你。"鸵鸵红了脸。她的脸红让他如此心动，如此感动，如此震动。他常在她的脸红、害羞，和他偶尔举动过于"热情"的时候，就急急退缩的举动中，去发现她的纯洁。纯洁，这是好简单的两个字，可是，他深知，在这一代的大学生里，能维持这份"纯洁"的，已经越来越少了。而她，她还是交过好几个男朋友的！于是，他更珍惜她，他更尊重她，他更爱她。"你心里只有这三个字吗？"她瞪着眼睛问。

"是啊！这是人生最重要的三个字，难道老师没有教过你？""说实话，"鸵鸵笑着，"是教过的！"

"怎么说？怎么说？"他追问着。

"纠旦。"她用法文发音。

"煮蛋？"他问。她大笑，敲他的头，敲他的肩膀，敲他的身子。她笑得那么开心，他就也开心了。以她的欢笑为欢笑，以她的伤心为伤心，老天！他已经没有自我了。他也不要那个自我了，爱的意义是把自我奉献给她，让她尽情地欢笑。

"你知道吗？韩青。"她望着窗玻璃外的一角天空，突然眼光迷蒙地、向往地、做梦似的说，"我一生有两个愿望。"

"是什么？"他问。"第一个愿望，我将来一定要去巴黎，我觉得世界上最罗曼蒂克的城市就是巴黎了。我一定要去！去看凯旋门，香榭大道，然后，坐在路边的咖啡篷下喝咖啡。"

"好！"他握紧她的手，郑重地许诺，"这事交给我办，我一定带你去巴黎。去看凯旋门，在香榭大道散步，去咖啡篷下喝咖啡。"别忘了,"她叮嘱,"还有卢浮宫,还有凡尔赛,还有那著名的拉丁区!""是!"他坚决地应着,豪爽极了。"卢浮宫,凡尔赛,拉丁区……我们只好在那儿住上一段时间,慢慢地游览,慢慢地欣赏。因为,你要去的地方实在太多了。"

"对。"她点头,"我们不能走马看花。要深入地去接触巴黎,唉!"她叹气,"那一定是个美透美透的城市,才会出那么多诗人、艺术家,和文学家!"

"这个愿望你就交给我吧!"他斩钉截铁地允诺着,"你另外一个愿望是什么呢?""哦!"她笑了,有点羞涩,"我想写一本书。"

"写一本书?"他惊奇地看她,"我从不知道,你想当一个作家。""并不是当作家,只是写一本书。"她脸颊红红的。

"写什么呢?"他问。"写——木棉花吧!""木棉花?"他不解道,"为什么是木棉花?"

"这只是一种象征。"她困难地解释,"每次,我看到木棉树开花就很感动,木棉树又高又挺,它先开花后长叶子,和别的植物都不一样。那些花红极了,鲜极了,艳极了,盛开在又高又粗的枯枝上,显得特别孤高,特别雅致,特别高不可攀,而又特别——有生命力。"

"有生命力?"他问,试着走入她的境界。

"是啊!人们很容易看到一颗种子发芽,就联想到生命力,看到小生命的诞生,就联想到生命力……我呢,我看到木棉花,就联想到生命力。那种火焰似的红,绽开在光秃的、雄伟的树枝上。哦……"她深吸口气,"我说不出来,总之,它让我感动,让我好感动好感动!因为它不是柔弱的花,因为它不是小草花,因为它不属于盆景,因为它孤高、傲世,而与众不同!我欣赏它!我就是那么那么欣赏它!"

"好。"他盯着她看,"我同意。世界上最美丽的花就是木棉花。可是,这本书里你要写些什么呢?"

她羞涩地笑着,年轻的面庞上是一片天真与无邪。

"说真的,不知道。等过些年,让我把人生体会得更深刻的时候,我才知道我真正要写什么。"她坦白地说,"我想,写生命吧!生命中的爱力、生命中的傲气、生命中的孤独……""孤独吗?"他打断她。

"是啊,木棉花是很孤独的,它高高在上,没有别的花朵可以和它并驾齐驱,它是很孤独的。生命本身,有时候也是很孤独的!"他深深地看着她,深深地,深深地。

"鸵鸵,"他沉声说,"我也曾经体会过生命的孤独,不只孤独,还有无奈。可是,你来了,生命再也不孤独,只有——幸福。如果两个人彼此拥有的话,生命绝不孤独,只有幸福,只有幸福,只有幸福。"他强调着"幸福",因为它正充塞在他整个胸怀里,拿起一支笔来,他说:"让我写给你看,什么叫幸福!"

于是,他飞快地写着:

> 你来了,我有了一切,
>
> 我来了,你有了一切,

一切的一切就是你我。

你的一切就是我的一切，

我的一切就是你的一切。

我的，你的，一切，一切，是我俩的一切。

　　她看着，读着。抬头看他，她喜悦地抱住他，跳着，转着，开心地嚷着："我的，你的，一切，一切，是我俩的一切！我俩的巴黎！我俩的木棉花！"

第
九
章

春天，在幸福中过去了。

夏天，又在幸福中来临了。

暑假快到的时候，韩青收到屏东的家书，要他回家看看两老。他忽然想起一件大事，他居然没有一张鸵鸵的照片，他必须说服鸵鸵，去照一张正式的照片，拿回家去炫耀一下。可是，当他跟她说的时候，她几乎把她那颗小脑袋从脖子上摇得快掉下来了。她说："不行！不行！我生平最怕照相！何况照了给你拿回家去，我才不干呢！我又不是你的什么人……"

他用手一把蒙住她的嘴。

"最怕听你来这一套！"他说，"跟我照相很恐怖吗？我又不是猩猩！""我宁可跟猩猩照相，不跟你照！"

"哦？"他傻傻地瞪大眼。

"因为猩猩不会拿着我的照片去给它的父母看！"

"好，我答应你，我也不拿给我父母看，只要你跟我去照张相！""不要，我好丑！""胡说，你是世界上最美的！"

　　"不要！""要！""不要！""要！""不要！"事情僵持不下，最后，他提议，以掷铜板来决定。她勉强同意了。拿了个壹圆的辅币，她猜是梅花面，他猜是"壹圆"面。铜板丢上去，落下来。哈，居然是"壹圆"的那面，他乐坏了，拖着她就往照相馆走。她无可奈何，也就半推半就地照了那么张"合照"。照片洗出来，他一脸傻傻的笑，她也一脸傻傻的笑。他还得意呢！居然夸口地说：

　　"你看过什么叫金童玉女吗？这就是金童玉女！"

　　真不害羞啊，她抢着想去撕那张照片，他当宝贝似的抱着照片跑。拿他没办法啊，她认了。只是，好久以后，她还会想起这件事来，狐疑地问他一句：

　　"那个铜板是不是变魔术的道具铜板？会不会两面都刻着'壹圆'？"他大笑。"可能吧！"他说。"真的？真的？"她追着问，"我看你这人有点不老实，我八成上了你的当！"唉！鸵鸵，我会让你上当吗？总有一天，我们还会去合照更多的照片，那时，你将披上白纱，当我的新娘。他瞅着她，心里的话，嘴里并没有说出来。只为了，认识了这么久，已相遇，既相知，复相爱，又相怜……而那"婚姻"两字，仍然是两人间的绊脚石。他可以了解她好多好多方面，独独不了解她对"婚姻"的抗拒感。正像她说的，如果他逼得太紧，她会逃开。正像徐业平说的，未来是虚无缥缈，漫漫长长的路。哦，鸵鸵，他心里低呼，难道我还不够爱你，不够资格伴你走过以后的漫漫长路？难道你还不能信赖你自己，信赖你自己的选择！还是……你认为在你以后的生涯中，会遇到比我更强更好的人？不不！这最后一个问题要从心底划掉，彻彻底底底划掉！他划掉了，只是，心底的底版上，仍然留下一条划过的刻痕，虽然淡淡的，却也带来隐隐的伤痛。

那年暑假，他回家去只住了二十天，就匆匆北返了。实在太想她了，太想太想了。生平第一次，尝到相思滋味，原来如此苦涩、无奈，躲不掉，也抛不开。他录过一张不知哪儿看到的小笺给她：

> 鸵鸵：我不想想你，但心思一动，我就想起了你。我不想梦见你，但眼睛一闭，我就梦见了你。我不想谈论你，但嘴一张，我就又说起了你——青。

和他的信比起来，她的来信却潇洒得太多太多了。那时，她正参加暑期在万里的夏令营，来信潇洒得近乎活泼，潇洒得俏皮，也潇洒得连一丁点儿"脂粉味"都没有：

青：

> 当你接到这封信时，该是一早起来时，那时你正穿着一双拖鞋，（瞧，左右脚都穿错了！人家才刚起来嘛！）一副睡眼蒙眬的样子，走向前厅，打算好好看个够时报上的武侠小说。心中正在想着想着，没想到邮差先生唰的一声，一招漂亮的"飞虹贯日"

迎头劈了下来，正待伸手接下这一招，已是不及。一时只见一白色的银镖迎头砸了下来，三字经正待出口，摸摸那练过铁头功的脑袋安然无恙，也就作罢。低头一看，不是什么，原来正是万里镖局的掌门人袁长风派遣的绿衣使者，来的镖书……好了，姑娘的幻想曲就此打住，要不然，我也可以写一本《残月蜻蜓刀》之类的小说了。

此祝安好

驼驼　七月廿六日于万里海滨

多么可爱的一封信！多么活泼的一封信！多么生动的一封信！但是，信中就少了那么一点点东西，一点点可以让他感觉出她的思念的东西。没有。就缺那样。他把信左看一次，右看一次，就少那么点东西。万里海滨！那儿有许多大专学生正在做夏季活动。想必，他的驼驼是最活跃的，想必，他的驼驼是最受欢迎的！他注视着桌上已放大的那张合照，驼驼巧笑嫣然，明眸皓齿，神采飞扬而婉约动人。他有什么把握说驼驼不会改变？他有什么把握说驼驼不会被成群的追求者动摇？屏东的家是再也待不下去了。母亲苍老的脸，父亲关怀的注视，弟妹们的笑语呢喃……全抵不住台北的一个名字。驼驼，我好想你，纵使我本就在想你。驼驼，我好爱你，纵使我已如此地爱你。回到台北，第一件事就是打电话给驼驼。

不在家，出去了。看看手表，晚上八点钟。万里的夏令营业已结束。出去了？去哪儿？第二个电话打给方克梅。

"哦？你回来了？"方克梅的语气好惊讶，"这样吧，我正要去徐业平家，你也来吧，见面再谈！"

有什么不对了？他的心忽然就沉进了海底。好深好深的海底，老半天都浮不起来。然后，没有耽误一分钟，他直奔徐业平家，他们家住在台北的中兴大学后面，是公教人员的眷属宿舍里。一走进徐家，就听到徐业伟在发疯般地敲着他的手鼓。这人似乎永远有用不完的活力。徐家父母都出去了，怪不得方克梅会来徐家，不只方克梅来了，小丁香也在。徐业平搂着方克梅，正在大唱着：

"我的心上人，请你不要走，听那鼓声好节奏……"

"咚咚咚！砰砰砰砰砰！"徐业伟的鼓声立刻伴奏。

韩青的心脏也在那儿"咚咚咚，怦怦怦"地乱敲着，敲得可没有徐业伟的鼓声好，敲得一点节奏感都没有。他进去拉住了徐业平，还没说话，徐业平就笑嘻嘻地递给他一瓶冰啤酒，说："今朝有酒今朝醉，喝啊！"

"喝啊！"徐业伟也喊，敲着鼓，咚咚咚咚咚！

"袁嘉佩呢？"他握着瓶子，劈头就问，瞪视着徐业平。

"你没有把她交给我保管呀！"徐业平仍然笑着，"即使交给我保管，我也管不着！"

"徐业平！"他正色喊。

"小方，你跟他说去！"徐业平推着方克梅，"跟这个认死扣的傻瓜说去！""到底怎么回事？"他大声问，徐业伟的鼓声把他的头都快敲昏了。"韩青，你别急。"方克梅走了过来，温柔地望着他，"只是老故事而已。""什么老故事？"他的额上冒着汗，太热了。他觉得背脊上的衬衫都湿透了。"一个男孩子。"方克梅细声说，"他们在万里认得的，不过才认识十几天而已。袁嘉佩给他取了个外号，叫他娃娃。因为那男孩很爱笑，很爱闹，一张娃娃脸。袁嘉佩欣赏他的洒脱，说他乱幽默的。你知道袁嘉佩，只要谁有那么一丁点跟她类似的地方，她就会一下子迷糊起来，把对方欣赏得半死！她就是这样的！"他握着瓶啤酒，顿时双腿都软了，踉跄着冲出那间燠热无比的小屋，他跌坐在屋前的台阶上。一个人坐在那儿，动也不动。半晌，他觉得有只温柔的小手搭在他肩上，他回头看，是丁香。她送上来一支点燃了的烟，一直把烟塞进他嘴里，她低头看着他说："徐业伟要我告诉你，你一定会赢！"

他瞪着丁香，一时间，不太懂得她的意思。

"看过夺标没有？"丁香笑着，甜甜的、柔柔的，细腻而女性的、早熟的女孩，"徐业伟说，人家起跑已经比你慢了一步了，除非你放弃，要不然，跑下去呀！还没到终点线呢！"

他凝视丁香，再回头望向屋内，徐业伟咧着张大嘴对他笑，疯狂地拍着他的手鼓：砰砰，砰砰砰！

第十章

"鸵鸵，让我告诉你一个我小时候的故事。"韩青说，静静地坐在海边的一块岩石上。"看海"原是鸵鸵在情绪不稳定时的习惯，不知何时，这习惯也传染给韩青了。两个人如果太接近，不只习惯会变得相同，有时连相貌都会变得有几分相似的。鸵鸵坐在他身边，被动地把下巴放在膝上。她不说话，也不动，只是凝视着那遥远的、无边无际的海。夏天的海好蓝好蓝，天也好蓝好蓝，那一望无际的蓝，似乎伸到了无穷尽的宇宙的边缘。平时，她爱闹爱笑爱哭，在海边，她总是最"情绪化"的时候。而今天，她很安静，从他的匆匆北返，从他约她出来"看海"，她知道，什么事都瞒不住他，而她，也并不想隐瞒任何事。方克梅说过一句话，你可以交无数的男朋友，但是你只能嫁一个。她不想告诉韩青，她才只有二十岁，她还不想安定下来，她也不敢相信自己会安定下来。

"鸵鸵，"他继续说，眼光根本不看她，只是看着海，他的声音低沉而清晰地吐出来，"我很少跟你谈我的家庭，我的过去，只因为你不太想听，你总说，你要的是现在的我，不是过去的我。但是，鸵鸵，每一个现在的我都是由过去堆积起来的，不但我是，你也是的。"

她用手指绕着一绺头发，绕了又松开，松开又绕起来，她只是反复地做这动作。"让我讲我小时的故事给你听吧。我小时候家里好穷好穷，现在我们家虽然开了个小商店，那时候我们连商店都没有。我父亲去给人家采槟榔，你不知道采槟榔是多么苦、多么没前途的工作。我父亲并不是个天生采槟榔的人，他也有野心，也有抱负。但是，他的命运一直不好，做什么都不成功。他的人是很好的，对子女，对家庭，他也肯负责任，但，当他情绪不好的时候，他会拼命喝酒，然后在烂醉中狂歌当哭。那年，我生病了，大概只有四五岁吧，我病得非常重，几乎快死了。全家疯狂地筹了钱给我看医生，给我治病，我爸爸负债累累，只为了想救我这条小命。那么多年以前，医生开出来的药，居然要九块钱一粒，我一天要吃十几粒，你可以想象每天要花多少钱了。那些药像珍珠一样名贵地捧到我面前来，而我实在太小了，我吃药吃怕了，于是，有一天，我把药全吐出来，吐到阴沟里去了。

"你不知道，那时我父亲快要气疯了，他喝掉了两瓶米酒，把自己灌醉了，然后他把我从床上拎起来，摔在地下，用那穿了厚木屐的脚踢我，他不断地踢我，哭骂着说，如果把全家拖垮了大家死，不如踢死我算了。当时，他那么疯狂，我瘦瘦小小的母亲根本阻止不了他，全家吓得都哭了，而我，也几乎快被他踢死了。就在这时候，住在我们家对面的一个老婆婆赶来了，她拼了命把我从父亲的拳打脚踢下救了出来，把我抱到她家里去了。说也奇怪，大概因为我出了一身汗，大概因为哭喊使我有了发泄，我的病居然就这样好了。从此，这个老婆婆就常对我说，我的命是她救下来的。

"那个老婆婆，她一生没念过书，只是个乡下普普通通的老人。后来，她那儿却成为我生命中的避风港。每当我病了，每当我受到挫折，每当我意志消沉的时候，父母不能了解我，老婆婆却能够。有一次，我考坏了，被当掉一年，这对我是很重的打击，那年我已经十五六岁了，我很伤心，很痛苦，我到老婆婆那儿去。老婆婆已经好老好老了，我不怕在她面前掉眼泪。她却笑着对我说：阿青，你看看麻雀是怎么飞的？我真的跑出去看麻雀，我是乡下长大的孩子，却从不知道麻雀是怎么飞的。看着麻雀，我还是不懂，老婆婆站在我身边，指着麻雀说：

"'它们是一起一伏这样飞的，它们不能一下子冲好高，也不能永远维持同一个高度，它们一定要飞高飞低，飞高飞低，这样，它们才能飞得好远好远。'

"老婆婆拍着我的肩膀，笑着说：

"'不要哭呀，你不过刚好在飞高之前降低下去，要飞得远，总是有高有低的。'"韩青停了下来，他的眼光仍然停留在海天深处。半晌，他燃起一支烟，轻轻地抽了一口，轻轻地吐出了烟雾。轻轻地再说下去："我的一生，受这个老婆婆的影响又深又大。以后，每当我在人生的路上跌倒时，每当我遇到挫折时，我就想起老婆婆的话：要飞得远，就要有起有伏。那老婆婆，没受过教育，只以她对人生的阅历，对自然界的观察，居然把人生看得如此透彻。我考大学失败，我到处找工作碰壁，我都没有看得很严重，我自认一定会再飞高，挫折，只是我人生必经的路程。三年前，老婆婆去世了。她去得很安详，我去送殡，所有亲友里，我想我对她的感情最特殊。但是，自始至终，我没有掉过一滴眼泪。因为，我想，如果她能跟我说话的话，她一定会说：阿青哪，你看到树上的叶子，由发芽到青翠，到枯黄，到落叶吗？所有生命都是这样的。"

韩青喷出一口烟雾，海风吹过，烟雾散了。他终于回过头来，正视着身边的鸵鸵。

"鸵鸵，这就是我的一个小故事，我要告诉你的一个小故事。"她睁大眼睛看着他，有点迷糊。

"为什么告诉我这个故事？"她问。

他伸手温柔地抚摸着她那细细柔柔的头发。

"人生的路和感情的路常常合并为同一条路线，正像小川之聚于大河。我不敢要求永远飞在最高点，我只祈求飞得稳，飞得长，飞得远。"她盯住他，盯住他那深沉的双眸，盯住他那自负的嘴角，盯住他那坚定的面庞……忽然间，她的胸中就涌起一阵愧疚，眼眶就热热地发起烧来，她张开嘴，勉强想说什么，他却用手指轻轻按在她唇上，认真地说：

"我不要你有任何负担，我不要你有任何承诺，更不要你有任何牺牲。这次，我想了很久很久，有关你和我的问题。从我刚刚告诉你的故事里，你可能才第一次知道我真正的出身家世。像我这样一个苦孩子，能够奋斗到今天，能够去疯狂地吸收知识，并不容易。所以，我很自负。所以，我曾经告诉过你，培养了二十年，我才培养出一个自负，我怎能放弃它？现在，你来了，介入了我的生活，并且主宰了我的生命和意志，这对我几乎是件不可能发生的事，而它居然发生了！"

"韩青！"她低呼着，想开口说什么。

"嘘！"他轻嘘着，把手指继续压在她唇上，"徐业平说，我们的未来都太渺茫了。我终于承认了这句话，谁也不知道我们的未来是怎样的。我们这一代的男孩子很悲哀，念书，不见得考进自己喜欢的科系，毕业后，立刻要服两年兵役，在这两年里，虽然锻炼了体格，可能也磨损了青春。然后，又不见得能够找到适合的工作……未来，确实很渺茫。"

"韩青！"她再喊。"别说！等我说完！"他阻止她，"自从我和你认识相爱，我一直犯一个错误，我总想要你答应我，永永远远和我在一起！我一直要独占你心灵的领域，而要求你不再去注意别人！现在，我知道我错了。"他眼光温柔而热烈，诚恳而真切："美好如你，鸵鸵，可爱如你，鸵鸵，喜欢你的人一定很多很多。不断有新的人来追求你，是件必然的事。你能如此吸引我，当然也能如此吸引别的异性，我不能用这件事来责备你，不能责备你太可爱太美好，是不是？"

她用哀求的眼光望着他，眼里已蓄满了泪。

"同时，我该对我的自负做一番检讨。哦，鸵鸵，我绝不会是一个完人，我也不是每个细胞都能迎合你的人，所以，要强迫你的意志和心灵，只许容纳我一个人，大概是太苛求了。记得冬天的时候，我们第一次来看海，那时你刚离开一个海洋学院的，现在，又有了娃娃！"

"噢！韩青！"她再喊，"是我不好……"

"不，你没有不好！"他正色说，熄灭了烟蒂，用双手握住她的双手，一直望进她的眼睛深处去，"你没有丝毫的不好，假如你心灵中有空隙去容纳别人，那不是你不好，是我不好，因为我无法整个充实你的心灵。我想了又想，你，就是这样一个你！或者你一生会爱好多次，因为总有那么多男孩包围你。我不能再来影响你的选择，不能再来左右你的意志，我说了这么多，只为了告诉你一句话：你可以大大方方地和娃娃交往，我绝不干涉，绝不过问，只是，我永远在你身边。等你和别的男孩玩腻了的时候，我还是会在这儿等你。"

她瞅着他，咬紧嘴唇，泪珠挂在睫毛上，泫然欲坠。

"鸵鸵，"他柔声低唤着，"明天起，我要去塑胶工厂上班，去做假圣诞树。你知道我总是那么穷，我必须赚出下学期的学费。我昨天去和那个陈老板谈过，我可以加班工作，这样，我每天上班时间大概是早上八点到晚上十点。我必须利用这个暑假积蓄一笔钱，不只学费，还有下学期的生活费，还有……"他郑重道："你要去看医生，把那个胃病彻底治好！"

"哦！韩青！"鸵鸵终于站了起来，用力地跺着脚，眼泪夺眶而出，"你总是要把我弄哭的！你明知道我爱哭！你就总是要把我弄哭！你为什么不对我坏一点？你为什么不跟我吵架？你为什么不骂我水性杨花？你为什么不吼我叫我责备我……那么，我就不会这样有犯罪感，这样难过了！"

"我不会骂你，因为我从不认为你错！"韩青也站起身来，扶着岩壁看着她，坦然而真诚，"明天起，因为我要去上班，你的时间会变得很多很多，我不能从早到晚地陪你……"

"哦！"她惊惧地低呼，"不要去！韩青，不要去上班，守着我！看着我！"他悲哀地笑了笑："我不能守着你，看着你一辈子，是不是？你也不是我的囚犯，是不是？鸵鸵，一切都看你自己。你可以选择他，我会心痛，不会责备你；你可以选择我，我会狂欢，给你幸福！"

她用湿润的眸子看他。嘴唇动了动，欲言又止。他立刻摇摇头，阻止她说话。"别说什么！"他说，"我这几句话并不是要你马上选择，那太不公平了，该给你一些时间，也给他一些时间！"他又掉头去看海面了。"瞧！有只海鸥！"他忽然说。

她看过去，真的有只海鸥，正低低地掠海而过。他极目远眺，专注地望着那只海鸥，深思地说：

"原来海鸥飞起来也有起有伏的。原来海浪也有波峰波谷的。所以，山有棱角，地有高低……原来，世界就是这样造成的！"他转眼看她，静静地微笑起来，"我不气馁，鸵鸵，我永不气馁。在我的感情生命里，我不过刚好是处于低处而已。当我再飞上去的时候，我一定带着你一起飞！"

她睁大眼睛瞅着他，被催眠般怔住了。

第十一章

　　整个暑假，韩青几乎是卖命般地工作着，从早到晚，加班又加班，连星期天，他都在塑胶工厂中度过。他的工作十分枯燥，却十分紧张。他负责把圣诞树的枝干——一根根铁丝浸入高达七百度的塑胶溶液的模子中，而要在准确的二十秒时间内再抽出来，然后再送入新的。机器不停地动，他就不停地做这份既不诗意，更不文学的工作。每当他在做的时候，他就会不自觉地想起卓别林演的默片——《摩登时代》。那卓别林一直用钳子转螺丝钉，转螺丝钉，最后把女人身上的纽扣也当成螺丝钉用钳子转了下去。塑胶圣诞树，科学的产物。当它在许多家庭里，被挂上成串闪亮的灯泡，无数彩色的彩球，和各种缤纷耀眼的饰物时，有几人想到它的背后，有多少人的血汗！这段时间，他忙得简直没有时间和鸵鸵见面了，通电话都成了奢侈。他真正想给她一段"自由"的时间，去接触更多的人群，而在芸芸众生中，让她来做一个最正确的选择。但，虽然见面的时间很少，他的日记中却涂满了她的名字。鸵鸵！思想里充满了她的名字，鸵鸵！午夜梦回，他会拥着一窗孤寂，对着窗外的星空，一而再，再而三地轻声呼唤："鸵鸵！鸵鸵！鸵鸵……"

暑假过完，缴完学费，他积蓄了一万五千元。要带鸵鸵去看医生，她坚决拒绝了，一迭连声地说她很好。虽然，她看起来又瘦了些，又娇弱了一些，她只是说：

"是夏天的关系，每个夏天我都会瘦！"

仅仅是夏天的关系吗？还是感情的困扰呢？那个"娃娃"如何了？不敢问，不能问，不想问，不要问。等待吧，麻雀低飞过后，总会高飞的。

然后，有一天，她打电话给他，声音是哭泣着的：

"告诉你一件事，韩青。"她啜泣着说，"太师母昨天晚上去了。""哦！"他一惊，想起躺在床上那副枯瘦的骨骼，那干瘪的嘴，那呻唔的声音。死亡是在意料之中的，却仍然带来了阵忍不住的凄然，尤其听到鸵鸵的哭声时。自从那次陪鸵鸵去赵培家之后，他们也经常去赵家了，每次师母都煮饺子给他们吃，并用羡慕的眼光看他们，然后就陷入逝水年华的哀悼中去了。而鸵鸵呢，却每次都要在太师母床前坐上老半天的。"噢，鸵鸵，"他喊，"你现在在什么地方？"

"我要赶去赵家，"她含泪说，"看看有什么可帮忙的地方！我还想……见她老人家一面。"

"我来接你，陪你一起去！"

于是，他们赶到了赵家。

赵家已经有很多人了，亲友、学生、治丧委员会……小小的日式屋子，已挤满了人。韩青和鸵鸵一去，就知道没什么忙可帮了。师母还好，坐在宾客群中招呼着，大概早就有心理准备，看起来并不怎么悲伤。赵培的头发似乎更白了，眼神更庄重了。看到鸵鸵，他的眼圈红了，拉住鸵鸵的手，他很了解地、很知己地说了句：

"孩子，别哭。她已经走完了她这一生的路！"

鸵鸵差一点"哇"的一声哭出来，眼泪就那样扑簌簌地滚落下来了。她走进去，一直走到灵前，她垂下头来，在那老人面前，低语了一句："再见！奶奶！"赵培的眼里全是泪水了，韩青的眼里也全是泪水了。

从赵家出来，他们回到韩青的小屋里。鸵鸵说：

"韩青，我好想好想大哭一场！"

"哭吧！鸵鸵！"他张开手臂，"你就在我怀里好好哭一场吧！"她真的投进他怀里，放声痛哭起来了，哭得那么哀伤，好像死去的是她亲生奶奶一般。她的泪珠像泉水般涌出又涌出，把他胸前的衬衫完全湿得透透的。她耸动的、小小的肩在他胳膊中颤动。她那柔软的发丝沾着泪水，贴在她面颊上……他掏出手帕，她立刻就把手帕也弄得湿透湿透了。他不说一句话，鼻子里酸酸的，眼睛里热热的，只是用自己的双臂，牢牢地圈着她，拥着她，护着她。然后，她终于哭够了，用手帕擦擦眼睛，她抬起那湿湿的睫毛看着他，哑哑地说：

"我忍不住要哭，这是我第一次看到死亡。我真不能相信，她前两天还拉着我的手念叨着，这一刻就去了，永远去了，再也不会回来了！我不知道死亡是什么，但是，它是好残忍好残忍的东西！它让我受不了！"

他握住她的手，把她牵到床前去。拉平了被单，叠好了枕头，他把她扶到床上，勉强地躺下来。因为她哭得那么累了，因为她的脸色那么苍白，因为她那样娇娇嫩嫩，弱不胜衣的样子。他让她躺平了，拉了一张椅子，他坐在她的对面，仍然紧握着她的手。"记得上次在海边，我告诉你我家对面那位老婆婆的故事吗？"他柔声问。"是的。"她看着他。"她也去了。"他低语。"生命就是这样的！从有生命的那一天，就注定了要死亡。你不要伤心，真的，鸵鸵。人活到该去的那一天，就该去了。太师母已经享尽了她的天年，她已经九十几岁了，不能动，不能玩，不能享受生命，那么，她还不如死去。这种结束并没有不好，想想看，是不是？她已经年轻过了，欢乐过了，生儿育女过了，享受过了……什么该做的，她都做过了，所以，她去了。绝无遗憾。鸵鸵，我跟你保证，她已经绝无遗憾了。"

"是吗？"她怀疑地问，泪水渐干，面颊上又红润了。"是吗？"她再问。"是的！真的！你不是也说过，你只要活到七十八岁吗？"

她牵动嘴角，居然微笑起来。老天！那微笑是多么动人心弦啊！她深思了一下，显然接受了他的看法，伸出手来，她紧紧地握着他，闭上眼睛。太多的眼泪已把她弄得筋疲力尽，她低语了一句："韩青，你真好，永远没有一个人，能像你这样了解我，体贴我，安慰我！给我安静，让我稳定。如果我是条风雨中的小船，你准是那个舵手。"

说完，她就渐渐地、渐渐地进入睡乡了。她哭得太久，发泄得也够多了，这一睡，竟沉沉然地睡了三小时。他坐在床前面的椅子里，因为她始终握着他的手，他不敢动，怕把她惊醒了，也不敢抽出手来，他就这样坐在那儿，静静地、静静地睨了她三小时。当她一觉醒来，发现屋子里都黑了，他仍然坐在那儿，连灯都没有去开，他的手仍然握着她的，他的眼睛仍然凝视着她。她那么惊奇，从床上翻身坐起，她惊问："几点钟了？"他看看手表："快七点了。""你一直这样坐着没动吗？"她嚷着，"你三小时都没动过吗？""是啊！"他欠动身子，手已经酸了，脚已经麻了，腰也快断了，"我不想吵醒你！"

"你不想吵醒我？"她瞪大眼睛看他，跳下床来，去开亮了电灯，在灯光下，她再仔细看他，他正揉着那发麻的腿叫哎哟。"你这人……你这人……"她简直不知该如何措辞，"你这人有点傻里傻气！实在有点傻里傻气！即使你走开，我也不见得会醒呀！""你好不容易睡着了，我不想冒这个险！"他说，终于从椅子里好困难地站起来了，用单脚满屋子跳着，因为另一只脚麻了不能碰地。"我跟你说实话，"他边跳边说，"我坐三小时一点都不累，手酸也没关系，脚麻也没关系……只是……我一直想上洗手间，快把我憋死了！"她用手蒙住嘴，眼睛张得好大好大。而他呢，真的一跳一跳地跳到洗手间里去了。等他从洗手间里出来，她继续瞪着他，不知怎的，就是想笑。她极力忍着，越要忍，就越想笑，终于，她的手从嘴上落了下来，而且，笑出声音来了。

他把她揽进怀中，惊叹地说：

"你不知道你笑得有多美！"

她偎进他怀里，颇有犯罪感似的，悄声说：

"太师母刚刚去世，我就这样笑，是不是很不好？"

"为什么很不好？"他反问，"我打赌，如果她看得见，她会希望你笑。""你确定吗？""我确定的。"她仰头看着他，他们对视了好久好久。然后，她轻轻轻轻地吐出一句话来："韩青！没有那个他了。"

"什么？"他问，屏息地。

"没有别人了！"她嚷了出来，"再也不可能有别人了！只有你！只有你！世界上只有你才能对我这么好，你是唯一的男孩！"他满心激动，满怀虔诚。

俯下头来，他立刻吻住了她。她的反应强而热烈，几乎是用全身心在接受着。然后，她红着面颊，又悄声说："太师母刚刚去世，我们就这样忘形，是不是不太好？"

"为什么不太好？"他继续吻她，热烈热烈地吻她，"她老人家曾把你交给我，她要我好好照顾你，难道你忘了？如果有什么事能安慰她老人家的在天之灵，那就是——让我们俩好好相爱，好好相爱吧！"

她用手臂紧紧圈住了他的脖子，他继续吻她，一面抬眼望天：谢谢你，奶奶。他虔诚地祝祷着：请安息吧，奶奶。

第十二章

一九七八年十月二十四日。

韩青一早醒来，就发现门缝里躺着一个白色信封，他跳起身子，顾不得梳洗，就拾起那封信来。信封上娟秀的字迹，不用猜，也知道是谁写的。已经每天见面了，为什么她还会写封信来，为什么？难道——又有了变化？他心跳停止了三秒钟，不信！不可能！他迅速地拆开信封，打开信笺。于是，他看到了一封好奇异的信：

——印象中的你—— 一张稚气的脸孔仿佛永远都只有十八岁，头顶上闪烁着光亮的发丝。嘴唇厚嘟嘟的，就像是三岁的小女孩，偷擦妈妈的口红，想要把自己扮得成熟一样可笑，配合着一对大大亮亮的眼睛，戴上顶长长的假发，一定是个可爱的洋娃娃

——最喜欢坐在一角，欣赏你谈话的姿态，充满了自信与自负

——最欣赏你难能可贵的赤子之心

——最佩服你绝佳的记忆力，以及你对人生和生命的深刻看法，丝丝缕缕，让人惊叹！

——最不喜欢你吃醋或伤心的样子，可是偏偏都是我的错，总是糊里糊涂地拿醋给你当点心吃

——最让我惊讶的，是你永远知道我需要什么

——最让我讨厌的一句话是：看医生去！

——最喜欢听到你说"这实在不算什么"的豪语！

——最高兴看到你谈起你的艳遇，又故意炫耀地加上一句"乱烦的！"说得跟真的似的

——最不喜欢看你穿窄裤管的长裤

——第一次发觉你好傻好傻，是你告诉我，你已四餐没吃了，就为了我家的电话坏了

——第一次发觉我好傻好傻，是跟你合照了一张照片，就为了个两面都刻了"壹圆"的正面铜板

——心中最不忍的一次是在海边，听你谈"麻雀怎么飞"的故事

——你最惹我生气的一次，是整个暑假像疯子似的去打工，故意置我于不顾

——最喜欢看你的一身搭配，是一件深咖啡色衬衫，外加一条微泛白的蓝色牛仔裤！

——最喜欢看你的眼神，那么纯真，那么诚挚！

——最喜欢听你说话，那样滔滔不绝，充满智慧

——最，最，最……太多的最字，实在写不下了。

总之，最喜欢你那些"最"字！

给韩青——鸵鸵写于认识周年

哦！多么可爱的一封信笺！多么可爱！他把信纸贴在胸口，好一会儿，只能虔诚地站在那儿一动也不动。然后，他的思想恢复了，他的神志清醒了，他的心脏雀跃了，他的每个细胞都在欢笑了。认识一周年！该死，十月二十四日！他一直以为她忘了这个日子！他曾为这日子准备了一件小礼物，但是，和她这封信比起来，那小礼物就太微不足道了。

他"冲"进浴室，闪电般梳洗。然后，从衣橱里翻出那件深咖啡色衬衫和微泛白的牛仔裤，穿好了，望着镜子，梳梳那会"闪光"的发丝，会"闪光"？哇，鸵鸵的眼睛有些问题，改天该带她去看看眼科医生，不不，她最讨厌看医生！不过，镜子里的发丝实在没什么闪光，他摇摇头，对着镜子笑了。他再"冲"到房门边，要下楼去借电话打给鸵鸵，虽然才九点十分，管他呢！即使是她母亲接到电话，他也不管了，也不顾了。打开房门，他正要"冲"出去，却慌忙站住脚，惊愕地睁大了眼睛，鸵鸵正捧着一束花，笑吟吟地站在房门口呢！

"先生，"鸵鸵装出台湾语气来，眼睛亮闪闪的，声音清脆脆地说，"刚刚有位小姐，叫我送花来给你，她说要先把信

封从门缝里塞进去，然后站在这里等你开门，她说我不可以先敲门，一定要站在这里等。所以，先生，我已经等了……"她看手表，"四十七分又二十八秒钟了！"

噢！鸵鸵！他忘形地把她一把抱了起来，她高举着花束，怕他把花朵弄坏了。他抱着她转，抱着她跳，抱着她又叫又嚷："疯鸵鸵！傻鸵鸵！你怎么可以在门口站这么久！你不知道我会心痛吗？疯鸵鸵、傻鸵鸵！你怎么可以写那么动人的信给我，你会让我得意忘形呢！疯鸵鸵、傻鸵鸵，你怎么可以这样可爱，这样玲珑剔透，这样诗意又这样迷人啊！"

鸵鸵笑着，被他转得头昏昏的，她却笑得好开心好快乐。一面笑，一面说："放我下来，傻瓜！让我把花插起来！这种大日子，非要插一束花不可！你这间小屋，也实在太单调了，真需要一些鲜花来点缀点缀呢！"他把她放下来，两人到处找花器，最后，只找到一个插笔的笔筒。装了水，她插着花，一面插，一面说："这儿有十二朵花，代表我们的十二个月，其中有甜有苦，有欢乐有伤心，但是，十二个月里都有爱，都有爱！所以，我就买了十二朵玫瑰花！"她说得多么好听！他凝视她，今天的她，多么漂亮，多么焕发。她穿了件鹅黄色衬衫，绿色灯芯绒长裤，加了件绿色绳黄边的小背心，就像一朵娇娇的小黄玫瑰，被嫩嫩的绿叶托着；如此清新，如此美丽，如此青春！啊，生命是多美好呀！青春是多美好啊！他忍不住拥她入怀，吻她，又吻她。

"我也有东西送给你！"他说，"只是，和你的礼物比起来，我的这件东西就太庸俗了。"

"是什么？是什么？"她好奇而喜悦地叫着，"快拿给我看！"

"等一下，"他说，"你吃过早餐吗？"

"还没有。""好，我们先出去吃早餐，吃完东西，回来再拿给你！""不要！"她扭着身子，"我要先看。"

他把她往门外拉去："我饿了，走！我们去吃豆浆油条！"

他们去巷口的豆浆店里，叫了油条，叫了小烧饼，他一面吃，一面看着她说："在今天，认识一周年的纪念日，我能不能要求你几件事呢？""要听听看是什么要求。"

"不会故意刁难你的，你知道我从不刁难你的。"

"好，你说！""要爱惜自己的身体，尤其你的胃。"

"好。"她柔顺地。"不许吃冰的东西！""好。""不许吃辣的东西！""好！""不许空肚子去上课！"

"好！""不许半夜看书到天亮！"

"好！""不许淋雨！""好！""不许为了和弟弟妹妹吵架就不吃饭！"

"好！""要快乐地生活！""好！""要常常笑！""好！""要嫁给我！""好！"鸵鸵一说出最后一个"好"字，就发现上当了。因为韩青一连串说的都是些不很重要的事，在这个快乐的日子里，尽可以大方地去依顺他。谁知他忽然冒出一句"要嫁给我！"她答得太顺口了，"好"字已冲口而出，这个字一出口，韩青可乐坏了！他扬着眉，笑得那么神采飞扬，整个脸上都绽放出光彩来。他的手伸到桌面上，压住了她的手，郑重地、欣悦无比地说："一诺千金啊！再无反悔啊！"

"不行不行！"她笑着嚷，"你这人有点赖皮，你故意让我上当……""嘘！"他嘘着，阻止她说下去，"人类相爱，就要互许终身，这是彼此对彼此的付出，难道，你对我还有什么不满意……""有啊！"她顺口喊。"是什么？""你太瘦了！"她乱找原因。不过，那时的韩青，确实很瘦，暑假的疯狂工作把他的体力消耗了太多，那时，他只有五十四公斤。"太瘦了？怎么办？"他瞪着她，"要多胖你才满意？"

"六十公斤。""六十公斤？"他算了算，回头就对那老板说，"给我拿十个糯米饭团来！""你要干什么？"鸵鸵睁大眼睛问。

"吃啊！不吃怎么能胖呢！"

说着，他就真的开始狼吞虎咽地吃起那糯米饭团来。她睁大眼睛看他，故意不去阻止他，看他要如何收场。哪知，他左吃一个饭团，右吃一个饭。伸长了脖子，就那样一个又一个地塞进去。她看得自己的喉咙都代他噎起来了，自己的胃都代他胀起来了，当他去吃第六个的时候，她终于忍无可忍地抓住了他的手，叱骂着说：

"你这个神经病！你准备噎死啊！如果你噎死了，我嫁给谁去？"一句话就让他灵魂都出了窍，心都快飞上天了。他不吃了，只是看着她傻傻地笑。

然后，他们回到了小屋里，他郑重地从口袋中掏出一个小首饰盒，打开来，里面是个纯金的、镂空雕花，手工非常朴拙、非常古老的一个戒指。

"这是我给你的！"他慎重地说。

"哦！"她惊呼着，"戒指！这……这……这岂不太严重了吗？你去定做的吗？你把钱都去订了这戒指吗？这……这……"他拿起她的手，把戒指套在她中指上，不大不小，刚刚正好。她挣扎着，想脱下来。他握紧了她的手，虔诚地、郑重地、温柔地、深刻地一直看进她眼睛深处去。他一个字一个字，恳恳切切地说："这不是我买的戒指，这是个很旧很古老的东西，它是我外公送我外婆的礼物，外婆又把它送给了我母亲。当我来台北时，母亲怕我没钱用，把这戒指给了我。这些年，我穷过，我苦过，我当过手表，当过外套……就是没有卖掉这戒指。它并不很值钱不是钻石，不是红宝，只是个制造得土土的、拙拙的金戒指，但它有三代之间的爱。我把它给你，不敢要求你什么，只是奉献我所能奉献的：我的未来、我的生命，我全部全部的爱。你能脱下来吗？你能不要吗？你能拒绝吗？"

"哦！韩青！"她低喊着，抬眼看他，眼睛又湿了，"你怎么能对我这么好？你怎么能这样爱我？我觉得我的缺点好多好多，我虚荣，我善变，我任性，我倔强，我又爱哭……我……我……"他用唇堵住了她那嗫嚅着、轻颤着的唇。她情不自已，就全心震颤着去接受这吻了，她的双臂挽住了他的颈项。他闭上眼睛用整个心灵去体会这个"爱"字，用整个心灵去"吻"她。他们站立不住，滚到了床上，他继续吻她。十二朵玫瑰在空气里绽放着甜甜的香味。甜甜的，甜甜的，甜甜的……如蜜、如酒、如香蕉，带着令人眩晕的魅力。他的头有些晕，他的心怦怦跳着，他的神思恍惚，他的身体和心灵都在强烈地感受着那个"爱"字。于是，不止于唇与唇的接触，他吻她的眉心，吻她的睫毛，吻她发热的面颊，吻她翘翘的鼻尖，吻她那有个"小鸵鸵"的耳垂，吻她修长的颈项，吻她颈项下的那个小窝窝……然后，吻把什么都搅热了，吻把什么都融化了，吻把什么都突破了。礼教、尊严、传统……一起打破。终于，在他们认识一周年的这天，他们那么相爱，那么相爱，那么相爱……他们奉献了彼此，从心灵，到肉体。并深深去体会到，世界上最深切最密切最真切的爱，就是在灵肉合一的那一刹那。十二朵玫瑰花绽放着芬芳，甜甜蜜蜜温温柔柔的芬芳，充塞在室内，充塞在空气中。收音机里，正播着一支英文歌：*how deep is your love*。

第十三章

　　韩青念大四的这学年，该是他生命中最最幸福的日子了。

　　那学期，他一共只有九个学分，为了要和鸵鸵在一起，他选的九个学分，全集中在星期一和星期二上课，然后，他一周内有五天都是空闲的。

　　这五天的生活有如天堂，这五天的每一刹那都是永恒！他和鸵鸵把这五天填得满满的，那生活变得比较规律化了。差不多每天都一样，他早上起床后，在九点三十分打电话给她，然后，他开始练毛笔字，练上两小时。她会在十一点多钟到他的小屋。她不会空手来，因为"经济"一直是大问题，她也懂得帮他如何省钱了。她会带来一两个菜，她烧的菜总是第一流的，他们买了个电锅，自己煮中饭吃，自己洗碗筷，俨然过的是小夫小妻的生活了。吃完午餐，他们会甜甜蜜蜜地腻在一起，说不完的话，谈不完的未来。当然，他还要帮她做功课、抄笔记、查字典……或者，他们会出去玩，看电影、逛街、欣赏行人，跑到"来来"的许愿池去许愿。哦，谈到许愿，韩青总忘不了她那虔诚的模样，她丢了一个铜板，竟许了三个愿。一个为他们，一个为徐业平和方克梅，一个为徐业伟和丁香。噢，其实一句话就够了：愿天下有情人皆成眷属！下午五点多钟，他就送她去辅仁，他们的晚餐往往在辅大的"仁园"餐厅中草草结束。然后，她上课，他就点燃一支香烟，叫一杯咖啡，拿一本书，坐在那儿等她下课。有那么长一段时间，他总是"孤独"（表面上孤独，实际他快乐得很呢）地坐在"仁园"喝咖啡，居然引起一两个女生的注意，找他说话，找他聊天，找他做朋友。他把这事告诉鸵鸵的时候，那股得意劲儿就别提了！鸵鸵也总是点着脑袋，煞有介事地帮他接一句："乱烦的！""你以为我盖你？"他有些不服气。

"不不。我完全相信。漂亮的小男生总有些漂亮的小女生来追，你可以大大方方多交两个女朋友，别成天黏着我，那么，我也可以多交两个男朋友……"

"停！"他只好叫停。"我盖你的！"他打了自己脑袋一下，"我就是这样，喜欢吹牛！该死！"他再打了自己一耳光。

她笑弯了腰。那些日子，她差不多每天都要上课上到十点多钟，他等她下了课，就把她送回家，到了三张犁，也就相当晚了，当然，他们在分手前还要"话别"一番。最后，他总是匆匆忙忙地搭欣欣二五四路最后一班车；十一点二十分回家。接着，就再迎接第二天的来临。这段时间，鸵鸵真是乖极了，可爱极了，除了偶尔耍耍小个性之外，她简直是完美无缺的。自从认识周年那天，他们突破了"友谊"最后的防线以后，两人间的默契就一天比一天重了。虽然，她始终不肯带他回家去见父母，他也不急，反正这是迟早的事，如果鸵鸵说时机未到，就是时机未到，他一切都听她的。不过，在周年纪念那天以后的好几天之内，她每每想起，就会掉眼泪，啜泣着一再低语：

"我不是妈妈的乖女儿了！我再也不是他们的乖女儿了！假若给他们知道了，我真不敢去想……"

"可是，鸵鸵，"他会急急地拥住她，急急地喊，"迟早，你会属于我，对吗？自从你给了我一个八位数的电话号码那天起，我就知道我要你要定了。鸵鸵，请不要为这件事责备自己，请不要有犯罪感，只要我们是出于爱，一切都是美的，一切都是好的，一切都是正确的。你一定要有这种观念和认识！""但是，我以前也交过男朋友，从来没有……"

"我知道。"他郑重地握起她的手，虔诚地吻她的手指，"那些男孩只是你生命里的过客，而我将是你的主人。我用主人两个字，并不表示你是奴隶，只表示我是你的归依，你的支持，你的力量，你的安慰，你的堡垒，你的避风港……你一切的一切。""可是……"她仍然垂着泪，"假若我又变了，假若我又禁不起考验……""鸵鸵！"他有些生气了，大声地说，"你怎么还可以这样说！""世界上没有恒久的东西……"她仍然在争辩，"你也可能变的！当一个男孩完全得到一个女孩之后，他会认为已经攻陷了那座城堡，于是，新的城堡会再吸引他去进攻。我看过不少这种例子，像阿琴，像小琪，像斐斐……都是这样失去了她们的男朋友！""于是，你也把我看成这种人！"他咬牙说。到浴室里去找剃刀，取出刀片。她惊呼着去抓住他的手腕，变色说："你要干什么？""用我的血，写一个誓言，如果我有一天负了你，我会被天打雷劈，被五马分尸，被打入十八层地狱，永世不得超生……"他真要用刀片切手指写血书，她这一惊非同小可，又哭又叫地去抢刀片。他推开她，硬是要写血书。她又急又怕又心痛，眼看那锋利的刀片就要对手指切下去了，她大急之下，胃疼的老毛病立刻发作。捧着胃，她痛得身子全痉挛了起来，脸色倏然间就血色全无，冷汗从额上滚滚而下，她弯着腰，捧着胃大叫。他一看到她发病，吓得手指也不割了，血书也不写了，只是跳着脚喊："躺到床上去别动，我给你拿胃药！"

他奔到桌子边，拉开抽屉，发现胃药全给她吃光了，一包也没有了。他反身把她按进椅子里，急急地说：

"你等着，我去给你买药！"

说完，他打开房门，奔下三层楼，奔出公寓，直奔大街，那儿有一家熟悉的西药房。当他快奔到药房门口，忽然脚底一阵尖锐的刺痛，他低头一看，才发现自己竟连鞋子都忘记穿，光着脚丫就跑到大街上来了。大概踩到了碎玻璃，脚趾在流血。顾不得这么多，他买了胃药，又直奔回家，奔上三层楼，冲进房间，他的脚也跛了。

鸵鸵蜷缩在椅子里，睁大眼睛看着他。他慌忙地倒开水，慌忙地把药包打开，慌忙地喂药给她吃。她吃完了药，捧着胃，仍然稀奇地盯着他看。

“你没穿鞋就跑出去了吗?”她问。

“是呀，我忘了穿。”“你……”她结舌地，“你这人真……”她想骂，又忍住了，瞪着他的脚趾：“老天，你在流血了!”

“是吗?”他坐在床沿上，看着那脚趾，“我本来想割手指头，结果割了脚指头!”他还说笑话呢!“可见，我非用血跟你发誓不可!只是，脚指头写字可不大方便，我每天练字，就忘了用脚练!”“你这人!”她噘着嘴，又气又急，从椅子上站起来，满屋子想找红药水，“一定要赶快上药，当心弄个破伤风什么的!该死!连瓶红药水都没有!”

他一把抱住她到处乱转的身子，柔声问：“胃还痛吗?”“你啊!”她气呼呼地喊，眼圈红红的。“你把我的胃气痛了，又把我胃气好了!从没看过像你这样的人，光着脚跑到大街上去!人家一定以为你是从精神病院里逃出来的……我……我……我会被你气死!给我看，给我看!”她弯腰去看他的脚。眼圈更红了。“你瞧你瞧!流了好多血!划了那么深一个口子呢!你瞧你瞧!”她哽塞着，“看你明后天怎么上课?看你怎么走路……”他拉起她的身子来，拥她入怀。

“鸵鸵!”他哑声说，“我可以为你死!你怎么还能怀疑我会变心……”“不不!”她急切地接口，“再也不怀疑了，永远不怀疑了，如果连你这种爱都会变心，世界上还有值得信赖的男人吗?”

“而你，鸵鸵，”他更深刻地说，“也不允许再变了!不允许再有第三者!不允许再受诱惑!你知道你现在是我的什么人吗?”她含泪瞅他。“你是我的爱人，我的朋友，我的妻子，我的女儿，我的母亲……我所有对女性的爱，各种不同的爱，都汇聚于你一身，只有你，只有你，只有你！"

她感动至深，忍不住抱紧了他的头。

"再不胡思乱想了！再不怀疑你了！再不说让你伤心的话了！也再不、再不、再不……"她一连用了好几个"再不"，"再不去注意任何男孩了，因为我已经有了你！有了你！有了你！"这种情人间的誓言是多么甜蜜，这种诺言是多么珍贵，这种生活岂像人间？即使神仙，也没有这么多的快乐。韩青是太快活了，太满足了，太感激造物主及上帝了。他谢谢上帝给了他生命，来爱上鸵鸵，他更谢谢上帝，给了鸵鸵生命，来爱上他。原来，生命的意义就是这样，在世界的各个角落，造一个你，造一个我。再等待适当的时机，让这个你，让这个我，相遇，相知，相爱，相结合。原来，生命的意义就是这样的。于是，韩青不再怀疑生命，不再怀疑冥冥中存在着的那个"神"。天生万物，必有道理，他相信每个生命的降生，都出于一个字：爱。包括他自己的降生。

那段日子是太甜蜜了，那段日子是太幸福了。那段日子，欢乐和幸福几乎都不再是抽象名词，而变成某种可以触摸、可以拥抱、可以携带着满街亮相的东西了。生活仍然是拮据的，拮据中，也有许多不需要金钱就能达到的欢乐。春天，他们常常跑到植物园里去看花，坐在椰子树下，望着那些彩色缤纷、花团锦簇的花朵，享受着春的气息，享受着那自然的彩色的世界。由于两人在一起的时间多半都是白天，晚上鸵鸵要上课，上课后又要马上回家。韩青总觉得彼此的"夜"

都很寂寞，都很漫长。有天，坐在植物园里，看着一地青翠，他们买了包牛肉干，两人吃着吃着。他突然转头看她，学猫王的一支名曲，对她唱了一句：

"Are you lonesome tonight？"

鸵鸵仰了仰下巴，很快地、骄傲地答了一个字："No！"

韩青开始和她谈别的，谈了好久好久，他忽然又转头看她，温柔地再唱了一句："Are you lonesome tonight？"

鸵鸵的脑袋歪了歪，眼睛里闪出柔和如梦的光彩来，唇边涌出一个很可爱的微笑，她回答："Maybe！"

韩青又去谈其他的题目，谈着谈着，他第三次转向她，更温柔地唱："Are you lonesome tonight？"

鸵鸵叹着气笑了，她的头低了下去，很干脆地回答：

"Yes！"

韩青多快活啊！那一整天他们都很快乐，只为了这样的几句问话和答话，他们就很快乐！这种情人间的小趣味，这种幽默，只有他们自己才能深深体会深深了解而乐在其中。同时，韩青还常常喜欢送一些可爱的小礼物给鸵鸵。

鸵鸵和所有女孩一样，是爱漂亮的，喜欢一切会闪光能点缀自己的小装饰品。韩青买不起百货店里琳琅满目、五花八门的小玩意，手链、项链、耳环、别针、发卡……可是，他会做。他曾用好几个不眠的夜，把各种核桃类的硬壳敲碎，打孔，穿上皮线，制成项链送给她。他也曾拔下水龙头上的链子，用三四条聚在一起，制成一条手镯给她。最别出心裁的，是在九重葛盛开的季节，他采集了各种颜色的九重葛，把它们穿成一串又一串。那九重葛的颜色繁多，有粉红，有桃红，有淡紫，有深紫，有纯白，有浅黄……他把这些小小花朵，五色杂陈的，穿一串为发饰，穿一串为项链，穿一串为手镯。戴在她头上、脖子上、手腕上。她那么喜悦，那么骄傲，那么快乐，而又那么美丽！她浑身都绽放出光彩来了，她整个眼睛和脸庞都发光了。那天晚上，她就戴着这些花环去上课。老天！那晚她多么出风头啊，所有的女孩儿们都包围着她，羡慕地、惊讶地、赞美地叫着：

"你在哪儿买来的呀？"

"哦，你们买不到的。"她笑着。

"你从哪儿弄来的呢？"

"哦，你们弄不来的！"

"你分给我一串好吗？"

"哦，这是不能分的！"

真的，谁听说过"爱"可以分呢？可以买呢？谁说过贫穷会磨损爱情呢？谁说"贫贱夫妻百事哀"呢？谁说现实与爱情不能糅在一块儿呢？谁说现代的年轻人只追求物质生活呢？谁说现在的大学生都不尊重"爱情"呢？谁说？谁说？谁说？

第十四章

三月中旬，发生了一件事情。

那天，鸵鸵脸色沉重地来找韩青，很严肃地，很焦虑地，很烦恼地说："告诉你一件事，方克梅有了。"

"什么？"他一时转不过脑筋来，"有了什么？"

"唉！"鸵鸵叹气，"孩子啊！她怀孕了。她刚刚告诉我的，哭得要死。她说不知道该怎么办，如果给她家里发现，一定会把她揍死。你知道，她父亲那么有地位，是民意代表呢！方克梅从小又学钢琴又学小提琴，完全被培养成一个最高贵的大家闺秀。现在好了，大学三年级，没结婚就怀孕，她说丢人可以丢到大西洋去！""徐业平呢？"他急急地问，"徐业平怎么说？"

"他们说马上来你这儿，大家一起商量商量看。不过，方克梅说，只有一个办法可行！"

"什么办法？""打掉它！""那也不一定呀！"韩青热心

地说，"如果方家同意，他们可以马上结婚，都过了二十岁了……""你不要太天真好不好？"鸵鸵正色说，"徐业平拿什么东西来养活太太和孩子？他自己大学还没毕业，毕业后还有两年兵役，事业前途什么都谈不上！他的家庭也帮不上他的忙！结婚！谈何容易！"韩青瞪视着鸵鸵，忽然就在徐业平身上看到自己的影子，学业未成，事业未就，中间还横亘着两年兵役！他瞪着眼睛不敢说话了。尤其，鸵鸵那满面恻侧之情里，还带着种无言的谴责，好像方克梅怀孕，连他都要负责任似的。他知道，人类的联想力很丰富。正像他会从徐业平身上看到自己，鸵鸵何尝不会从方克梅身上看到她自己！他想着，就不由自主地伸手握紧了鸵鸵的手。"你放心，"他说，"我会非常小心，不会让你也碰到这种事！"鸵鸵用力把自己的手抽回去，咬着牙说：

"反正，你们男人最坏了！最坏了！"

什么逻辑？韩青不太懂。但他明白，此刻不是和鸵鸵谈逻辑、谈道理的时候。此刻是要面临一个问题的时候，这问题，不是仅仅发生在徐业平和方克梅身上的，也可能发生在他们身上，发生在任何一对相爱的大学生身上的。

下午，方克梅和徐业平来了。

方克梅眼睛肿肿的，显然哭过了。徐业平也收起了一向嘻嘻哈哈爱开玩笑的样子，变得严肃、正经，而有些垂头丧气。"我们研究过了，"徐业平一见面就说，"最理智的办法，就是打掉它！我不能让小方丢脸。至今，小方的父母还没见过我，他们现在绝对没有办法接受我，尤其在这种情况之下。

所以，只有拿掉它！"方克梅揉揉眼睛，驼驼走过去，用胳膊护着她。什么话都没说，两个女孩只是静静地相拥着。韩青凝视徐业平，徐业平对他恻然地摇头，他在徐业平眼底读出了太多的怆然，太多的无可奈何。于是，他什么意见都没有再提出来，只问：

"有没有找好医院，钱够吗？"

"钱，小方那儿有。斐斐说，去南京东路，那个医生马上可以动手术，只要两千元。"

两千元！原来，只要两千元就可以扼杀一条小生命。韩青默然不语。徐业平说："能不能请你和袁嘉佩陪我们一块儿去？说真的，我从没有这样需要朋友，而你们两个，是我们最要好的朋友！我想，这事最好是速战速决……"他转头去看方克梅，"小方，你怎样？如果你还有什么……"

方克梅迅速地回过头来，挺了挺背脊，忽然潇洒地甩了甩那披肩长发，居然笑了起来。

"说走就走吧！"她大声说，"我打赌，每天有人在做这件事，我不是第一个，也绝不会是最后一个！别人都能潇洒地做，我为何不能？"于是，他们去了那家医院。

医生和护士都是扑克面孔，显然对这种事已司空见惯。当然，徐业平和方克梅在病历上都填了假名字假地址，医生和护士也不深究。然后，方克梅被送进手术房，护士小姐对他们笑笑说："放心，只要二十分钟就好了，手术之后躺半小时，等麻醉药一退就没事了。很简单的，用不着休养，可以照样念书——呃，或者上班的！"难道连护士都看出他们是一群大学生吗？徐业平默默不语，走到窗边去猛抽着烟，韩青也燃上一支烟，陪着他抽。鸵鸵不安地在手术室门口张望，然后就若有所思地沉坐在一张沙发中，顺手拿起一本杂志来看，那杂志的名字叫《婴儿与母亲》。真的，一切好简单，二十分钟后，手术已经完毕。而一小时后，他们四个就走出医院，置身在黄昏的台北街头了。徐业平用手搀着方克梅，从没有那么体贴和小心翼翼过，他关怀地问："觉得怎么样？""很好。"方克梅笑笑，"如果你问我的感觉，有句成语描写得最恰当：如释重负。而且，我告诉你们，我发现我饿了，我想大吃一顿！""这样吧，"韩青说，"我请你们吃牛排！刚好家里有寄钱来！让我们去庆祝一下……呃！"他觉得自己的用词不太妥当，就顿住了。"本来就该庆祝！"方克梅接口，"我们解决了一件难题，总算也过了一关！走吧，韩青，我们大家去大吃它一顿，叫两瓶啤酒，让你们两个男生喝喝酒，徐业平也够苦了，这些天来一直愁眉苦脸的！现在都没事了！大家去庆祝吧！"

于是，他们去了一向常去的金国西餐厅，叫了牛排，叫了啤酒，叫了沙拉，好像真的在庆祝一件该庆祝的事。两个男生喝了酒，两个女生也开怀大吃。徐业平灌完了一瓶啤酒，开始有了几分酒意，他忽然拉着方克梅的手，很郑重地说：

"小方，将来我一定娶你！"

方克梅红着眼圈点点头。

"小方，"徐业平再说，"将来我们结婚后，一定还会有孩子。我刚刚在想，等我们未来的孩子出世以后，我们应该坦白地告诉那个孩子，他曾经有个哥哥，因为我们还养不起，而没有让他来到人间。""嗯，"方克梅一个劲儿地点头，"好，我们一定要告诉他。不过你怎么知道失去的是哥哥呢？我想，是个姐姐。"

"不，"徐业平正色说，"是个男孩。"

"不！"方克梅也正色说，"一定是个女孩！"

"男孩！"徐业平说。"女孩！"方克梅说。"这样吧！"徐业平拿出一个铜板。"我们用丢铜板来决定，如果是正面，就是男孩，如果是反面，就是女孩！谁也不要再争了！""好！"方克梅说。他们两个真的掷起铜板来，铜板落下，是反面，方克梅赢了。她得意地点头，认真地说：

"瞧！我就知道是女孩，我最喜欢女孩子！"

"好，"徐业平说，"我承认那是个女孩子。现在，我们该给那个女孩取个名字，将来才好告诉我们未来的儿子，他的姐姐叫什么名字。""嗯，"方克梅想了想，"叫萍萍吧，因为你的名字最后是个平字，萍萍，浮萍的萍，表示她的生命有如浮萍，漂都没漂多久，连根都没有。""那何不叫梅梅，"徐业平说，"因为你名字最后一个字是梅，梅梅，没有，没有的没，所以最后就没有了。"

"不不，叫萍萍。""不不，叫梅梅。""萍萍！""梅梅！"看样子，两个人又要掷铜板了。刚刚那个铜板已经不知道丢到哪儿去了。韩青一语不发，就从口袋里掏出一个铜板给他们。徐业平拿起铜板往上抛，落下来，名字定了，是梅梅，也是"没没"。鸵鸵忽然推开椅子，站起身来，往大门外面冲去。韩青也站起身来就追，在门外，他追到鸵鸵，她正面对着墙壁擦眼泪。韩青走过去，温柔地拥住她的肩。

"不要这样子，"他说，"你会让他们两个更难过。我们一定要进去，吃完这餐饭！"

"我知道，我知道。"鸵鸵一迭连声地说，"我只是好想好想哭，你晓得我是好爱哭的！我不能在他们面前哭是不是？"

韩青拿出手帕给她擦眼泪。

她擦干了泪痕，振作了一下，重新往餐厅里走，她一面走，一面很有力地问了一句：

"韩青，你对生命都有解释，你认为所有的生命都有意义，那么，告诉我，那个小梅梅是怎么回事？"

韩青无言以答。他心里有几句说不出口的话：我们以为自己成熟了，但是我们什么都不懂。我们以为可以做大人的事了，但是我们仍然在扮家家酒。我们以为我们可以"双肩挑日月，一手揽乾坤"，实际我们又脆弱又无知！哦！老天！他仰首向天，我们实在不知道自己做了些什么，我们也实在不知道自己懂得些什么。在这一刹那，韩青的自负和狂傲，像往低处飞的麻雀，就这样缓缓地落于山谷。谦虚的情怀，油然而生。同时，他也深深体会出来，生命的奥秘，毕竟不能因为他个人的"悲"与"喜"来作定论，因为，那根本就没有定论，来的不一定该来，走的也不一定该走。"鸵鸵，"他终于说出一句话来，"我们活着，我们看着，我们体会着，我们经历着……然后，有一天，你会写出那个——木棉花的故事。那时的你和我，一定会比现在的你我对生命了解得多些！"

第十五章

接下来，是一段相当忙碌的日子，韩青的大学生涯，已将结束。毕业考、预官考……都即将来临。大学四年，韩青荒唐过，游戏过，对书本痛恨过……然后，认识鸵鸵，历史从此页开始，以往都一笔勾销。鸵鸵使他知道什么叫"爱"，鸵鸵使他去正视"生命"，鸵鸵让他振奋，让他狂欢，让他眩惑也让他去计划未来。因而，这毕业前的一段日子，他相当用功，他认真地去读那些"劳工关系"，不希望在毕业以后，再发现在大学四年里一无所获。

五月一日，预官放榜，没考上。换言之，他将在未来两年中，服士官役。五月三十日，星期二，韩青上完了他大学最后的一堂课，当晚，全班举行酒会，人人举杯痛饮，他和徐业平都喝醉了。徐业平的预官考试也没过，两人是同病相怜，都要服士官役，都要和女友告别。醉中，还彼此不断举杯，"劝君更尽一杯酒"，为什么？不知道。六月一日开始毕业考，韩青全心都放在考试上。不能再蹈"预官考"的覆辙。考试只考了两个整天，六月二日考完，他知道，考得不错，过了。

六月十七日举行毕业典礼，韩青的父母弟妹都在屏东，家中小小的商店，却需要每个人的劳力。韩青的毕业典礼，只有一个"亲人"参加——鸵鸵。他穿着学士服，不能免俗，也照了好多照片，握着鸵鸵的手，站在华冈的那些雄伟的大建筑前：大忠馆、大成馆、大仁馆、大义馆、大典馆、大恩馆、大慈馆、大贤馆、大庄馆、大伦馆……各"大馆"，别矣！他心中想着，不知怎的，竟也有些依依不舍，有些若有所失，有些感慨系之的情绪。善解人意的鸵鸵，笑吟吟地陪他处处留影，然后，忽然惊奇地说：

"你们这学校，什么馆都有了，怎么没有大笑馆？"

"大笑馆？"他惊愕地瞪着她，"如果依你的个性的话，还该有个大哭馆呢！""别糗我！爱哭爱笑是我的特色，包你以后碰不到比我更爱哭爱笑的女孩！""谢了！我只要碰这一个！"

她红了脸，相处这么久了，她仍然会为他偶尔双关一下的用字脸红。她看着那些建筑，正色说：

"我不是说大笑馆，这儿又不是迪士尼乐园。我是说孝顺的孝，你看，忠孝仁义，就缺了个孝字！念起来怪怪的。而且，既有大慈馆，为何不来个大悲馆！"

"大悲馆？你今天的谬论真多！"

"大慈大悲，是佛家最高的境界！我佛如来，勘透人生，才有大慈大悲之想。""什么时候，你怎么对佛学也有兴趣了？"他问。

"我家世代信佛教，只为了祈求菩萨保平安，我们人类，对神的要求都很多。尤其在需要神的时候，人是很自私的。可是，佛家的许多思想，是很玄的、很深奥的，我家全家，可没有一个人去研究佛家思想，除了我以外。我也是最近才找了些书来看。""为什么看这些书？""我也不知道。只为了想看吧！我看书的范围本来就很广泛。你知道，佛家最让人深思的是'禅'的境界，禅这个字很难解释，你只能去意会。"

"你意会到些什么？""有就是没有，真就是假，得到就是失去，存在就是不存在，最近的就是最远的，最好的也是最坏的……于是，大彻大悟；有我也等于无我！"

他盯着她，不知怎的，心里竟蒙上了一层无形的阴影。谈什么真就是假，谈什么得到就是失去……他不喜欢这个话题，离别在即，所有的谈话都容易让人联想到不安的地方，他握牢了她的手，诚挚地说："我不够资格谈禅，我也不懂得禅。我只知道，得到绝不是失去。鸵鸵，今天只有你参加我的毕业典礼，你代表了我所有的家人，所以，愿意我用'妻子'的名义来称呼你吗？最起码，你知我知，你是我的妻子！"

她抬头看他，把头柔顺地靠在他肩上。

"知道就是不知道……"她还陷在她那一知半解的"禅"的意境中，"愿意就是不愿意，所有就是一无所有……"

"喂喂！"他对着她的耳朵大叫，"你就是我，我就是你，天就是地，地就是天，阴就是阳，阳就是阴，乾就是坤，坤就是乾，丈夫是我，你就是妻！"

她睁大眼睛被他这一篇胡说八道，弄得大笑起来。于是，他们在笑声中离别华冈，车子渐行渐远，华冈隐在雾色中，若有若无，如真如幻。离愁别绪，齐涌而来，韩青望着华冈那些建筑物从视线中消失，还真的感到"有就是没有，存在就是不存在，最近的就是最远的……"他甩甩头，甩掉这些乱七八糟的思绪，甩掉这种怆恻的悲凉……甩掉，甩掉，甩掉。

可是，有些发生的事会是你永远甩不掉的。

这天，徐业平兄弟带着方克梅和丁香一起来了。徐业伟拉开他的大嗓门，坚持地喊：

"走走！我们一起去金山游泳去！今天我做东，我们在那儿露营！帐篷、睡袋、手电筒……我统统都带了，吴天威把他的车借给我们用！走走！把握这最后几天，我们疯疯狂狂地玩它两天！丁香！"他回头喊，"你有没有忘记我的手鼓？如果你忘了，我敲掉你的小脑袋！"

"没有忘哪！"丁香笑吟吟地应着，"我亲自把它抱到车上去的！""走走走！"徐业伟说是风就是雨，去拉每一个人，扯每一个人，"走啊！你们大家！"

韩青有些犹豫，因为鸵鸵从华冈下山后就感冒了，他最怕她生病，很担心她是否吃得消去海边再吹吹风，泡泡水。而且，在这即将离别的日子里，他那么柔情缱绻，只想两个人腻在一起，并不太愿意和一群人在一块儿。他想了想，摸摸鸵鸵的额，要命，真的在发烧了。

"这样吧，"他说，"你们先去，我和鸵鸵明天来加入你们，今天我要带她去看医生！"

徐业伟瞪着鸵鸵，笑着：

"你什么都好，就是太爱生病！假若你和我一样，又上山，又下海，包你会结结实实，长命百岁！好了！"他掉头向大家，呼叱着，"要去的就快去吧，难得我小爷肯为大家举行惜别晚会，不去的别后悔！""是啊！"丁香笑着解围，"我们还要生营火呢！"

"那么，"徐业平笑着对韩青做了个鬼脸，"你们明天一定要赶来，我们先去了！""好！"韩青同意。"走啊！走啊！走啊！"徐业伟一边笑着，一边往外跑，丁香像个小影子般跟着他。他们冲出了门，徐业伟还在高声唱着："欢乐年华，一刻不停留，时光匆匆，啊呀呀呀呀呀，要把握！"徐业伟每次的出现，都像阵狂飙，等他们全体走了，韩青才透出口气来。拉着鸵鸵，他央求她去看医生，她直拨头，他就用双手捧定了她的头，重重地吻她，她挣扎开去，嚷着：

"你就是这样，传染了有什么好？"

"我就是安心要传染，"他正色说，这是他们间经常发生的事，他总要重复他的歪理由，"希望你身上的细菌能移到我身上来，那么，你原有九分病，我分担一半，你就只有四分半的病了！""唉！"鸵鸵叹着气。"韩青！"她的眼圈又红了，"没认识你以前，我虽然交了好多男朋友，可是，只有你让我了解什么叫爱情。""如果你真了解了，就为我去看看医生吧！"他继续央求，"吃点药，明天好了，我们才能好好地玩，是不是？你答应过我，要为我爱惜你自己，假若你这么任性，我去服兵役的时候，怎么能放得下心？""好好好，我去，我去！"她屈服了，叹着气，"你以前说，我像你的母亲、姐妹、爱人、妻子、女儿……其实，正相反，你才像我的父亲、兄弟、朋友、爱人、丈夫……及一切！"

他屏息三秒钟，为了她这句话，然后，他又重重地吻了她。终于，她去看了医生，只是感冒，没有什么太严重的。他喂她吃了药，就强迫她卧床休息。感冒药里总混合着镇静剂，她吃了药就迷迷糊糊地睡着了。他又和往常一样，搬张椅子坐在床前，痴痴地看着她的睡相，看着她低合的睫毛，看着她小巧的鼻子，看着她微向上弯的嘴角……他的爱人、朋友、姐妹、妻子。唔，这是他的妻子！不论是否缺一道法律程式，她已是他的妻子！奇怪，为什么有句俗话说：太太是人家的好！他就觉得，一千千、一万万个觉得：太太是自己的好！

晚上七点多钟，鸵鸵还没睡醒，房东太太忽然来敲门，说有金山来的长途电话，他冲下楼去接电话，心里一点什么预感都没有，只以为是徐业平他们不甘寂寞，要他提前去参加"营火"会。拿起电话，他听到的是方克梅的声音，哭泣着，一连串地说："韩青，徐业伟淹死了！你快来，业平和丁香都快发疯了！你快来，徐业伟淹死了！"

"什么？"他简直不相信自己的耳朵。徐业伟？那又会疯又会笑又会闹，又健康，又擅长游泳的孩子？那么年轻，那么强壮，那么有生命力的孩子？不不，这是个玩笑，这一定是个玩笑！徐业伟那么疯，什么玩笑都开得出来！这一定是个玩笑！"韩青，是真的！"方克梅泣不成声，"他下午游出去，就没游回来，大家一直找，一直找……救生员和救生艇都出动了，是真的！他们找到了他……刚才找到，已经……已经……已经死了！真的……真的……"

抛下电话，他一回头，发现鸵鸵直挺挺地站在门外。

"发生了什么事？"鸵鸵问。

"我要赶到金山去！"他喊着，声音粗哑，"他们说，徐业伟淹死了！"鸵鸵脸色惨白。"我跟你一起去！"她喊。

"你不要去！"他往三楼下冲，"你去躺着！"

"我要去！"鸵鸵坚决地，"我要和你在一起！"

他们在八点钟左右赶到了金山。海边都是人，警员、救生人员、安全人员，以及徐业伟的父母、弟妹……全来了。徐业平一看到韩青，就死命地抓着他，摇撼着他的身子，声嘶力竭地喊："你相信吗？你相信吗？这事会发生在小伟身上，你相信吗？他的活力是用不完的，他的生命力比什么都强，他才只有十九岁，他从来不知道什么叫忧愁……为什么？为什么？为什么？韩青，为什么是他？为什么是他？……"

韩青无言以答。站在那海风扑面的沙滩上，他看到徐家两老哭成一团，看到那已被遮盖住的遗体；尤其，他看到那面手鼓，丁香正傻傻地、痴痴地紧抱着那手鼓……他什么都忍不住了，他痛哭起来了，跌坐在沙滩上，他用手捧住头，大哭特哭，泪如泉涌。鸵鸵用双手抱紧了他的头，她也哭着，却没有像他那样沉痛得忘形，她还试图要唤醒他：

"韩青，别这样。韩青，你该去安慰他们的，你自己怎么反而哭成这样呢？"她抽抽鼻子，用手臂抹眼泪，"韩青，你不是说过，生命的来与去，都是自然的……"

"不自然！不自然！不自然！"他激烈地大喊，"如果老得像太师母，是应该去的。可是，小伟的生命还在最强盛最美好的时候，他怎么可以去？他怎么可以去？"他仰头大叫："上帝！你在哪里？你在哪里？"

上帝无言，海风无语。海浪扑打着岩石，发出一连串澎湃的音响：砰砰，砰砰！犹如徐业伟还在敲击着手鼓的声音。手鼓！他回头看，丁香孤独地、不受人注意地坐在沙滩上，怀里紧紧抱着那面手鼓，身上还穿着件游泳衣。他站起身来了，踉跄地走到丁香身边去。"丁香！"他哑着喉咙喊，"丁香！"

丁香像从沉睡中醒来，她抬起头，脸色白得像月光，眼睛黑黝黝的如两泓不见底的深潭。她居然没哭，她脸上一点儿泪痕都没有，一丝丝都没有。

"他说他前辈子是一条鱼，"丁香细声细气地说，"结果，他去了。海，把他收回去了。"

"丁香！"他沉痛地握着那小小的肩，用力地唤着，"哭吧！丁香，哭吧！""不不！"丁香轻轻地摇摇头，还像在做梦一样，"他从来不喜欢看到我哭，他会骂我！我不哭，我不哭，他总是要我笑嘻嘻的，他说，他喜欢我，就是因为我爱笑！"她居然卷起嘴角，微微笑起来。"丁香！"他摇她，用力摇她，"你哭，你必须哭！你放声哭吧，丁香！"他试图从她怀中取去那手鼓。

丁香立刻用全身力量压在那鼓上。

"不行！他交给我保管的！"她说，"如果我弄丢了，他会生很大很大的气！"哦！丁香！小小的丁香！韩青茫然地站起身子，发现自己绝对不能帮她承受任何属于她的悲痛，他只能无助地望着她。鸵鸵走来，用双臂紧紧挽住韩青。

"怎么会呢？"鸵鸵小声地啜泣着，"怎么会有这些事呢？我不懂。我以后，什么都不敢说我懂得了。"

他紧紧地挽住鸵鸵，从没有一个时刻，他觉得"存在"的价值是如此重要。再也不要去谈"禅"了，存在绝对不等于"不存在"！砰砰砰！海浪仍然一个劲儿地击着鼓，砰砰砰！

"听！"丁香忽然说。他和鸵鸵低头去看丁香。

丁香满脸绽放着光彩。"他在唱歌呢！"她微笑着说，"他在唱：匆匆，太匆匆！听见吗？匆匆，太匆匆！"鸵鸵把面颊埋进了韩青的怀里。

三天后，他们葬了徐业伟。丁香进了精神疗养院。从此，韩青没有再见过丁香。

第十六章

一九七九年六月二十四日，韩青和鸵鸵认识满二十个月。不知从何时开始，他们以每月来计算相识的日子，也以每月的二十四日为纪念日，小小庆祝，并且彼此祝福。

这个月的二十四日并不是很好过，徐业伟的事件还深深影响着他们，那悲哀的气氛一直紧压在两人心头。而且，韩青必须回屏东去了，因为，召集令随时可能下来，他一定要回家等兵役通知。等接到通知后，他也不知道是否还有时间来台北，还是直接去服役，所以，离愁别绪，千匝万匝地箍在两人身上，心上，思想中，意识中，摆脱不开，挥之不去。

这天，他们在小风帆吃晚餐，喝了一点酒，两人想把气氛放轻松一点，只是，都做不到。饭后，回到小屋里，面面相对，更是离愁千斛。韩青注视着她，千言万语，全不知从何说起，只觉得一千个一万个放不下心来。即使两心相许，未来是不是都能如愿呢？吴天威对他说过几句很重的话："你知道我为什么不交女朋友吗？我不想在服兵役的时候去受那种相思之苦！而且，我告诉你，服兵役的时候最容易失去女朋友，没有几个女孩子能忍耐寂寞，能抗拒诱惑。韩青，"他还特别加重语气，"尤其是你那位袁嘉佩，你一天二十四小时盯着她，她还要偶尔动摇一下，等你走了，更不可靠了。袁嘉佩，"他摇摇头，"那女孩太聪明太有才气，太活跃，又太受人注意！韩青，你该找个平凡一点的女孩，那么，你会少吃很多苦！"吴天威，在同学中，他是比较沉默寡言的，很少发表什么大意见。但是，这几句话说得却颇有道理。

当这离别前夕，他注视着鸵鸵时，吴天威的话就在他脑海里翻腾又翻腾。鸵鸵望着他，双眸盈盈然如秋水，面颊被酒染红了，那么可爱地嫣红着，嘴唇的弧度一向是他最喜爱的，连那用手指绕头发的小动作……唉，一颦一笑一蹙眉，都是"动人心处"！前人的词句里有"其奈风流端正外，更另有，系人心处！"实在是写得太好了。唉！他心里叹着气，或者，他真该去爱一个平凡一点的女孩！免得如此牵肠挂肚，难舍难分："鸵鸵，我真不放心你，真不放心！"

"别这样，"她咬咬嘴唇，"我会很乖。我已经跟爸爸说了，七月一日起，我就去爸爸公司里上班，去管一些外销翻译打字之类的工作。你走了，我的白天会变得太漫长了，只好用工作去填满它！"鸵鸵的父亲，从军中退役后，开了一家玩具公司，一直做得非常好，最近，已大量接受外国的订单了。女儿去父亲的公司上班，应该是最没问题的。可是，韩青还是一百二十万个不放心，不放心，不放心。

"你爸爸公司里，有多少男职员？"他忧心忡忡地问，一本正经的。"哦，韩青！"她愕然地说，"你还不相信我？你以为我见到任何男人都会喜欢吗？"

"我不是怕你喜欢别人，我是怕别人太喜欢你！"他叹着气说。"别人喜欢我，应该是你的骄傲才对。"她说，"只要我心里只容你一个。""你是吗？""当然是！""永远吗？""永远。""不变吗？""不变。""不受诱惑吗？不被迷惑吗？倘若你被迷惑了……"

她的头低垂了下去，不说话了，生气了。

"唉唉！"他叹气，"我知道我不该说，我知道我不该不信任你！但是，我就这样烦恼，我真不知道，假若我失去你，我怎么活！"他握起她的手。"不要生气，请你不要生气，求你不要生气……"她抬起头来，眼中泪汪汪的了。

"是不是也要我切开手指，写封血书给你呢？"

"不要！千万不要！"他燃起一支烟，猛抽着，桌上的烟灰缸里，已经堆满了烟蒂了。"你知道，"他忽然说，"我一直对于一件事，非常不解。"

"什么事？""你的家庭。"他喷出一口烟雾，注视着烟雾后面，她那张在朦胧中更显得娟秀的面庞，"我常常想，我早就该在你家庭中露面了。你看，我们相交相识相知相爱已长达二十个月，你父母还根本不知道世界上有个我。"

"你怕不被我父母接受吗？"她沉吟了，深思着，终于长叹了一声，"韩青，你愿意忍耐吗？我爸爸是个好父亲，但他的教养，他的高贵，使他不见得能了解我和你这段感情。

何况，他的事业好忙，我真不忍心再用我的事情来烦他。我妈——你也知道，她是个典型的贤妻良母，善良有余，了解力却不够深，她不是个很能和儿女沟通的母亲。我怕他们知道我俩的事以后，反而变成我俩间的阻碍。韩青，你将来只要娶我，不必娶我整个家庭的！"

男人是多容易满足啊！仅仅这一句话，他就浑身轻飘飘了。他握紧她的手，握得她发痛。

"这是诺言吗？"他问。

"这是。"她肯定地，"我将来要嫁给你，而且，我要做个最好最好的妻子，如果我曾做过些什么让你不满意的事，让我将来补偿你，我要让全天下的男人都羡慕你，嫉妒你，因为你有这么好的太太。"他停住呼吸，对她急急地说：

"快拿氧气筒来，我不能呼吸了！"

她想笑，泪珠又在眼眶里打转。然后，她用手掠掠头发，悄悄挥去了睫毛上的一滴泪珠。

"哎！"她振作了一下，挺直背脊，笑起来，"我们两个是不是有点傻气？你不过是去服兵役，又不是要到非洲去，服役时还有休假，只要你休假，通知我，我马上去见你！不管你的基地在台南台中花莲或是月球上！"

"我怎么通知你呢？你又不许我直接写信到你家。"

"写限时专送，寄给方克梅，小方会马上通知我的！如果可以打电话，打给小方，假若你的基地能通电话，我也会打给你！""我们一定要经过小方吗？我现在去拜访你父母不行吗？"

"如果你要把事情弄糟,尽管去!"

"恋爱是件不能见人的事吗?"他有些不平,"在我家里,我们两个那张合照,一直挂在我房间里,你应该跟我回屏东去看看!""哎,别提那张照片了,我照得那么丑,你也把它挂出来!你一定要向你父母声明一下,我本人比照片漂亮!"

"我父母对照片已经够满意了。不过,你愿意本人去亮相一下,就更好了!这样,明天跟我回屏东吧!怎么样?"他忽然兴奋起来,"就这么做!你告诉你妈,去参加夏令营什么的。跟我去屏东吧!跟我去吧!"

"别胡闹了!"她说,"我才不去呢!时机未到。"

"时机什么时候才到呢?"

"等你服完兵役。你看,上帝帮我们把一切都安排好了,我下学期大四,夜校读五年,等你退役,我也毕业了。那天吴天威还对我说 just make!"

是吗?上帝把一切都安排好了吗?韩青想到"上帝",就禁不住想起徐业伟,想起自己在沙滩上仰天狂叫的那夜。不不!今晚不能想那件事,决不能!他甩了甩头,甩掉那份椎心的痛楚。甩不掉的,是对上帝的怀疑。唉!上帝,不管你多忙,不管你把人生安排得多么乱七八糟,请照顾我的鸵鸵吧!这只是个小小的请求啊!照顾她不要生病,不要生气,不要变心……变心,噢!他猛烈摇头,为什么一定要想起变心两个字呢?"你怎么回事?"她稀奇地看着他,"一会儿点头,一会儿摇头,一会儿甩头……嘴里叽里咕噜地念经,我看你神经有点问题了,是不是?""是!"他叹气,揽紧她,用全身的力量去吻她。"我已经疯了！为你疯了！我真的为你疯了！我从来不知道，我会为一个女孩疯成这样子！简直不可救药！"他更重更重地吻她，"鸵鸵！你只是个小鸵鸟，怎么对我有这么大的力量呢！怎么会呢？"这种爱的语言会让人醉，这种爱的接触会让人疯。于是，在这离别前夕，他们缱绻又缱绻，直到深夜，直到夜阑。然后，他必须送她回家了。她去洗手间梳洗，好半天才出来，他看她，总觉得她在离别前夕，表现得比他坚强，可是，她从洗手间出来时，眼睛却是肿肿的。

把她送了回去，再坐计程车回来。小屋子静悄悄的，租期已满，他明天走后，不会再住这间小屋了。但是，这小屋中曾承载了多少欢乐，多少柔情啊，他环视四周，忽然发现枕上有张纸条，拿起来一看，却是鸵鸵留下的一张短笺：

青：我最挚爱的人，我对你真挚得可以把心剖可以鉴日月，你怎么还不相信我？怎么还不相信？

我刚刚跪下祈求神，我愿少活十年岁月，只要我能拥有你，今生今世。我不求些什么，名利都是身外之物，我只希望和你在一起，永远，永远。我这份心，这份情，你怎么还不相信？我知道我的心志脆弱，愿神坚强我！愿神不要给我们太多的磨炼、阻难，因为我们原本平凡！

青，信任我！爱我！我需要你，我好怕！我太在乎你了，我好怕失去你，绝不亚于你怕失去我！

我真不知道怎么办？如果有一天我失去了你！

青，你要回来娶我！你一定要回来娶我！我等你，我一定等你！但是，请不要再怀疑我，你的怀疑像拿刀子剜我的心，你怎么可以这样残忍？

我一字一泪，若神天上果有知，愿你成全我的心愿，我愿弃名利，抛世俗，只愿与你比翼双飞，此生此世。

爱你的鸵鸵　六月廿四日深夜

原来，她在洗手间里写了这张条子！韩青念完，全身的血液就都冲到脑子里去了，心脏因为强烈的自责而痉挛了起来。又因为强烈的感动而痛楚起来。他打开房门，奔下三楼，冲到大街上，必须打电话给她！必须！他奔往电话亭，最近的电话亭要走十五分钟！该死，怎么脚底又痛了呢，低头一看，又忘了穿鞋子了！如果再被玻璃割到，是你的报应！韩青，是你的报应！你怎么可以对鸵鸵那么残忍，那么残忍呢！

到了电话亭，管他几点钟了，管他会不会吵醒袁家二老！他迫不及待地拨了那个号码：七七三五六八八。

电话铃才响，就被接起来了，是鸵鸵！聪明若她，早就知道他会打电话了。"鸵鸵！"他喉中哽塞着，"原谅他！原谅那个残忍的、该死的、害疑心病的混蛋吧！原谅他是爱得太深，爱得太切，以至于神志不清吧！"电话那头，传来鸵鸵的低泣声。

"鸵鸵！"他急切地喊，下意识地拉紧电话线，好像她线上的那头，可以拉到身边来似的。"你再哭，我五脏六腑都碎了，脚也烂了。""你……你……你什么？"她不解地、呜咽地问，"脚怎么……怎么也会烂呢？"听过心碎，可没听过脚烂的。

"我跑到电话亭来打电话，又忘了穿鞋了！"

"啊呀！"她惊喊。"你……你……"她简直说不出话来，"你真……气死我！你的脚破了吗？"

"不知道，只知道心破了。"

她居然笑出来了。哦，此情此景，个中滋味，难绘难描，难写难叙。除非你也爱过，除非你也经历过，你才能体会，你才能了解，你才能相信！

第
十
七
章

七月二十四日过去了。韩青和鸵鸵认识满二十一个月。

八月二十四日，他们认识满二十二个月。

八月二十六日，韩青北上，报到服役。在北部某基地受了极艰苦的一个月训练后，再被分发至中部某基地去正式服役，这期间，他根本没有机会见到鸵鸵，即使休假，也只有几小时，事先不一定知道确切休假时间，联系起来，更加困难。相思，相思，这才了解什么叫相思。

韩青开始他一年零十个月的兵役。

鸵鸵开始走入社会，她进了父亲的公司，非常认真地工作起来，她的活跃、她的能干、她的才华忽然间在工作中完全展现，从业务到外交，她居然成了父亲的左右手，成了公司中人人瞩目的对象。韩青荷着枪，在野地中滚滚爬爬。

鸵鸵提起笔，写下她对韩青点点滴滴的思念，千千万万的允诺，这段时间，信件成了他们之间最大的桥梁，也只有从这些信中，才能读出鸵鸵的内心世界。

十月二十四日，是他们认识两周年的纪念日，她寄来一封长达四页的长信，从相识，到相爱，她从头细数，从头细诉，他边看边回忆，边看边落泪。谁说男孩子不该掉泪？谁说背上一杆枪就不再儿女情长？那封文情并茂的信，最让他感动至深的是最后一段：

我终于了解我不能没有你，因为没有人和你一样。没有人和你一样，把我捧在头顶上供奉着。没有人和你一样，当我病痛时对我呵护又呵护，叮咛又叮咛。没有人和你一样，喜欢写诗一般的小笺给我，亲手做一大堆的装饰品给我。没有人和你一样，能忍受我的任性爱哭及随时可能发生的情绪问题。没有人和你一样，不惜用任何方法，让我多吃一些长胖一些。没有人和你一样，体会到我心深处的每个思想。没有人和你一样，完全接纳我，包容我，赞美我，让我自觉得是个可爱迷人的小女人，让我自认为是完美的化身。我完全快乐，喜悦得如同一只百灵鸟一般。而这一切的一切，都是你所给予的，我不能没有你，因为你是唯一的男孩。

看了看手心中的婚姻线，你我的都又深又长。我坚信如此。青，趁我们年轻时，让我们好好相爱，直至永远永远，当有一天，我们的儿孙环绕在跟前，缠着问我们当年相识的情景，让我们得意地告诉他们，我们曾如何相识，相知，并相爱。

驼驼写于相识两周年

这就是力量的泉源，这就是生命的原动力，这就是他的燃料、他的希望、他的一切。操练不苦，行军不苦，荷枪不苦，野战不苦……锻炼吧！炼成钢一般的身体，铁一般的意志，然后和你心爱的女孩，共同携手去创造最美丽的前程。于是，在那些操练、行军、野战的日子里，他咀嚼着她的信，回味着她的信，默诵着她的信，直至每字每行每个标点，都已可以倒背如流。十一月二十四日，是他们认识二十五个月的纪念日。

韩青下了好大的功夫啊，他参加拔河比赛，把手上的皮都磨破了，给队上争了个第一名。他参加各种活动，那么积极，那么卖力，终于，他争取到了一天半的休假。

飞跃吧！让灵魂飞跃吧！让灵魂飞跃吧！驼驼，你使我雀跃。生我者父母，知我者，驼驼，唯你而已！唯你而已。走出营区，已经是黄昏时分了。立即拨长途电话到台北，无法经过小方转达了，他直接拨到她上班的玩具公司去，经过接线生，经过不相干的好多人，好不容易接通了驼驼，他才说了句："驼驼！等我，我搭今晚夜车去台北……"

咔嗒一声，线路断了。他找铜板，再挂长途电话过去，这次，驼驼立刻接起电话，想必，她正在电话机旁边等着呢！他不敢说太多，怕断线，只简单地告诉她：

"我明天早晨八点钟到台北，你来火车站接我，好吗？

我下午就要乘车赶回营区，所以，我们只有五小时可以在一起！总比没有好，对吗？见面再谈！我爱你！"

然后，他们见面了。在火车站，她飞奔着向他扑来，完全不管有没有人看见，她穿了件黑色镶金花的毛衣，一条牛仔裤，又潇洒，又雅致，又华丽，又高贵……他紧拥着她，拥着属于他的这个世界，她也依偎着他，眼睛湿湿的，他们互看又互看，打量着对方是胖了，还是瘦了，是黑了还是白了。啊，互看又互看，彼此的眼光，诉尽了这些日子以来的相思，他真想找个地方吻她，吻化这几个月来的相思。

因为只有五小时，他们什么地方都不能去，往日的小屋也早就退租了，换了主人了。最后，他们只能找了家咖啡馆，坐下来，手握着手，眼光对着眼光，心灵碰击着心灵。

时光匆匆，实在匆匆。坐了没多久，她递给他一张纸条，自己去洗手间了。他打开来，就着咖啡馆里幽暗的灯光，看到她用淡淡的铅笔写着：

青，青，青：

小心别给人看到了。（所以我才用铅笔写。）

你打完第一通电话时，我在电话旁等了许久许久，我以为你一定不会再打来了，我难过得泪水都几乎夺眶而出，我突然发觉若我无法见到你，我会难过得立刻死掉，因为你的一通电话完全打扰了我的思绪，我简直无法继续去上班。现在是零时零二分，耳朵好痒，会是你吗？一定是。我好想你，可知道？特别是情绪低潮的时候，泪水总是伴着思念滴落在枕边。再过八小时就可以看到你，我会好开心的。可是再过几小时，你又得走了！啊！天，我一定会难过死，我怀疑我是否还能回办公厅上班。答应我，如果你看时间差不多了，你掉头就走，不要和我道别，不要让我在别人面前掉下泪来。好吗？

鸵鸵

一九七九年十一月廿四日凌晨

等鸵鸵从洗手间出来，韩青一句话没说，拉起她的手，就往咖啡馆外面走。"你带我去哪儿？"她惊问。

他叫了一辆计程车，直驰往海边。

"你会赶不及回营，"鸵鸵焦虑地说，"你会受处分！你会被关禁闭！""值得的，鸵鸵，值得的！"

他们终于又到了海边。以往，鸵鸵只要情绪低潮，一定闹着去看海，现在，他们又在海边了。十一月底，天气已凉，海边空旷旷的杳无人影，他终于拥她于怀，吻她，又吻她。吻化这几个月的相思，吻断这几个月的相思，吻死这几个月的相思。可是啊，又预吻了未来的相思，那活生生的、折磨人的、蠢动的、即将来临的相思。

五小时匆匆过去。又回到等信、看信、写信、背信、寄信的日子。韩青有时会想到古时的人，那时没有邮政，没有电话，一旦离别，就是三年五载，不知古人相思时能做些什么？如果没有信，没有电话可通，这种刻骨铭心的思念，岂不要把人磨成粉、碾成灰吗？第二年（一九八〇）来临的时候，鸵鸵的信中开始充塞着不安的情绪，她常常在信封上写下大大的SOS，信内又没有什么重要的事。她埋怨白天上班、晚上上课的日子太苦了。又立刻追一封信说忙碌使她快乐，使她觉得被重视。她会一口气同时寄三封信来，一封说她很快乐，准备积一些钱，以便结婚用。一封说她很忧郁，想要大哭一场。另一封又说她是个"情绪化""被宠坏"的坏娃娃，要他放宽心思，别胡思乱想。可是，他是开始胡思乱想了。鸵鸵啊，愿你快乐，愿你安详，愿你无灾无病，愿你事事如意，愿你千万千万千万……不要受诱惑，不要被迷惑啊！

他寄去无数的信，限时专送，限时专送，限时专送！邮差先生这些日子一定忙坏了，因为世界上有这么两个傻瓜，要写那么多信哪！不过，鸵鸵虽然有些不稳定，她仍然会在每月二十四日，寄来一封甜甜蜜蜜的信，或寄来一张问候卡，或是一首小诗。其中，以第二十九个月的纪念日，她写来的信最别出心裁，最奇特。她用了两张信笺，分别折叠，第一张竟是篇半文半白的"作文"，写着：

　　……晨起时，见阳光普照，念起同样的阳光，洒在彼此身上，妾心不禁欢喜。近面南风阵阵，不知有否郎君讯息？妾仰身低问流云，是否将万般思念捎给远方情郎，众鸟听得一旁高声啼笑，妾身羞得红着脸躲进花丛。……更听得乐声响起，记起往

日欢乐时光，情何以堪？抬头见得明月高挂，妾不
禁凝视，合十祈愿：恳君是明月，妾是寒星紧伴，
朝朝暮暮，暮暮朝朝。忽见湖水荡漾，水中月影如
虚如实，手触即及，不禁了悟，正是"无一藏中无
一物，有花有月有楼台"。

随着这封短文，她的另一张信笺，竟是对这篇文章的一
篇大大赞美歌颂之词，一一引证全文的"起承转合"有多么
美妙，多么动人。唯一的缺点，是"半文半白，似通非通"。
可是，把"相思""怀人""睹物"种种情思，转入禅学的
"无一藏中无一物，有花有月有楼台"毕竟是"天才之作"！

韩青把这封怪信，仔仔细细、研读再三。他不能不佩服
鸵鸵的才气，不能不佩服她自夸自诩的幽默感。可是，那文
中最后几句，不知怎的，就让他有些胆战心惊，不安已极。
水中月影，触手可及。鸵鸵啊，你到底要说什么？镜花水月，
毕竟成"空"呀！鸵鸵啊，你到底要说什么？他狠命摇头，
就是摇不掉心里的阴影。鸵鸵啊，但愿我在你身边，但愿你
触手可及的，不是水中之月，而是实实存在的韩青吧！

五月廿四日，是认识三十一个月的纪念日。鸵鸵的来信
很短：

青：

想你在无尽的相思里。拨电话给你，总是占线，
接线生啊，你可知道我是多么想听到那令我如此思

念的人的声音？你可知道这电话对我有多重要？它维系着彼此，从这一头到那一头，从这颗心到那颗心。青，能再给我一次保证吗？告诉我你爱我，告诉我你永远不会改变这份爱。青，我心情好乱，也许今天我会去海边走走，回来之后，可能就没事了。原谅我心情不稳。

爱你的鸵鸵
于一九八〇年五月廿四日定情日

有什么事不对了！有什么事发生了！韩青知道，韩青每个细胞都知道。和鸵鸵相知相爱已三十一个月，她思想的每根纤维，她情绪的每种转变，他怎会不了解？他怎会不知道？当她需要"保证"的时候，就是她最脆弱的时候，当她最脆弱的时候，就是有第三者侵入的时候……老天！他仰首看天，不要太不公平，不要发生在这种时候！他不怕考验，不怕挑战，不怕竞争。可是，要给他公平的机会，要让他在她身边呀！他一连寄出五封信给她，保证，保证，保证，保证，保证！保证再保证！保证不够，他又试着打电话给她，营区中打长途电话十分困难，他试了又试，试了又试，最后，接通了，附近全围着人，他想说的话，一句也说不出口，她那儿一定也都是人，因为办公厅里人声嘈杂，最后，他只对着电话喊出一句："鸵鸵！你知道麻雀是怎么飞的吗？"

鸵鸵哭了，电话那头有饮泣声。

"鸵鸵!"他再喊，充满了坚定不移，"我想，我又处于低飞状态了！但是，我不气馁，永不气馁，当我振翅高飞的时候，我一定带着你一起飞！"

十天之后，鸵鸵的来信中有这样一段：

感谢上天让我认识了你，你使我的感情生涯从此转变。你那么了解我，我比任何一个少女都善变，自小就有难以捉摸的个性，更有着喜新厌旧的毛病！如果不遇到你，我的感情不知还在何方流浪！

你来了，像是一个从电影小说里走出来的人物，带着满身心的热爱与执着。我不流浪了，伴着你，我将追随你飞向海天深处！

他把信笺放在胸前，紧贴着心脏。鸵鸵啊！必须给我这么多考验吗？必须给我这么多磨难吗？但是，只要有比翼双飞的那一天，我什么都接受！什么都接受！

第
十
八
章

认识鸵鸵三周年的纪念日，又在两地相思中过去了。

新的一年，又在两地相思中来临了。

算一算，两个人的信件已经积了一大箱，而思念是无边
无垠无法度量，无可计数的东西。在这些日子里，他们并不
是从不见面，只要有休假，两个人就想尽办法在一起，只是，
见面时，时间苦短。不见时，时间就漫长得像停滞着的。

一月过去了。二月过去了。韩青已开始屈指计算退役的
日子，已开始计划退役后第一件要做的事：去正式拜见鸵鸵
的父母，提出求婚。婚姻，嗯，这是件大事，他必须先找到
工作，不能让鸵鸵吃苦，她是那么娇弱而尊贵的！他一定要
给她一个最安乐的窝。第一次，他开始认真思索：安乐窝是
否需要金钱来垫底，还是仅仅有"爱"就够了？现实的问题
接踵而来，如果和鸵鸵成婚，是住在屏东老家呢，还是定居
台北？屏东家中，双亲年迈，一定希望身为长子、念完大学

的他，能在老家定居下来，生儿育女，让父母满足弄孙之乐。但是，鸵鸵肯吗？鸵鸵愿意吗？想到把鸵鸵那样一个诗情画意的女孩，带到屏东小乡镇的杂货店里去。不知怎的，他自己也觉得不谐调。

那么，他将为她留在台北了？台北居，大不易！他总不能租一间水源路那样的房子，来作为他们的新巢吧！所以，现实问题还是现实问题，退役之后，第一件事，是去找一个高薪的工作！就在韩青计划着未来的时候，鸵鸵的情绪似乎又进入低潮了。然后，三月间，韩青接到一封真正把他打进地狱的信：

青：

这是封好难下笔的信，我犹豫好久，仍然好矛盾，我不知道该不该对你坦白。告诉你徒增你的担心及困扰，不告诉你我心里有鬼，总觉得欺骗了你。青，我不曾欺骗、隐瞒你些什么，是不是？我心里好烦好闷，我多想丢掉手边的一切去郊外散散心，我多盼望投入你怀里好好地哭一场，我有好多委屈想一吐为快。青，我一直好信赖你，视你为我生命的基石，每当我有了心事，第一个总是想到你。青，你可晓得此刻我有多想你。

以下是一篇"忏情书"，在神的面前，我愿发誓，这忏情书里，句句出于内心，绝无虚言。

神啊！请帮助我！赐予我力量，让我能更坚

定我的意志，神啊，其实我也知道我是在自寻烦恼，这世界上有个人这么爱我，我又这么爱他，又有什么好烦恼的呢？至于那个多事的第三者，拒绝他就是了！这不是很简单的事吗？是的，我该满足的，"有人追总比没人要好"，忘了谁跟我讲的。可是，有没有人晓得我好疲倦？神啊，我已经尝试了多次考验了，请怜悯我，不要再考验我了，好吗？你明知我不过是个凡人，又何必非要测验出我受不了诱惑为止呢？偶尔，我也爱自我嘲讽是个"不甘寂寞"的人，可是，神，你该比任何人都清楚，我有着深深的自恋狂，我喜欢把自己装扮得漂漂亮亮的，我享受那份自我炫耀。我当然也像任何人一样喜欢人们欣赏我，赞美我，我乐意如此。可是，神，"他"实在赞美得太过分了，我是指那个第三者——柯。你知道的，我一共只见了他三次面，他实在不该如此说的，我的心好惶恐，我好想躲得远远的。神啊，是你在考验我吗？为什么才见第三次他就向我求婚呢？而且，为什么他就跟我发誓呢？他说要我认真考虑……神啊，你知道，我心底一心一意只要跟一个男孩子，我实在容不下另外一个人。神啊，让我感到愧疚和惶恐的，是为什么我衷心爱着一个人时，却对另一个存着幻想呢？欧洲的风景，独栋的别墅……哎哟，神，你看他用什么来诱惑我？而我，居然如此凡俗，如此贪婪，如此虚荣！原谅我啊，神，请纯净我的心吧！否则，你叫我如何面对我心爱的人？我不能告诉他，我爱他，可是，却幻想着另一段罗曼史？

神啊！其实你是知道的，这些年来，我面临过多少次诱惑，可是，我都会回到韩青身边的，我把一切都交给了他，我不能失去他，我也不愿离开他，而我更不能伤他的心。我心里清清楚楚地晓得，可是，神啊，你为什么偏偏派我和柯谈生意呢？那应该是我老爸的事啊！为什么呢？神啊，愿你代我托梦给青，告诉他，我爱他，告诉他，请他原谅我，告诉他，我还是会回到他身边的，请你务必转告他，一定，一定！

神啊，感谢你，经过这一番忏情以后，我觉得心中舒畅了不少，我又寻回了我的路途，其实，我不曾迷路，只是路途中雾气重了些，而岔路又多了些，如此而已。青，前面是我跪在神前的祈祷词，我原原本本地写下来，在你面前披露我的内心世界。青，不要又胡思乱想起来。我还是那个在水源路跟你发誓的鸵鸵，只是我好累好累，好脆弱好脆弱，又好想你好想你！你知道，我就是那样一个不能忍受寂寞的女孩！救我！青，救我！救我！

鸵鸵

三月廿二日凌晨

韩青把这封信一连看了好几次。然后，他冲到连长面前，用一种令人不能抗拒的神色，请求给假三天。在军中，请假不是件容易的事，除非你说得出正当的理由。但是，韩青那种不顾一切的坚决，那种天塌下来都不管的神态，以及那种形之于色的沉痛，使好心的连长也心软了，于是，他居然奇迹般地请准了假。没有打电话给鸵鸵，他直奔台北。火车抵达台北，已是万家灯火了。在车站打电话到玩具公司，早已下班了。他想了想，毅然地叫了一辆计程车，叫司机驰往三张犁。

　　三张犁，那栋坐落在巷子里的两层楼房，韩青曾屡屡送鸵鸵回来过，每次站在巷口，目送她进门，她总会在门口，回头对他挥挥手。现在，那栋房子就在面前，里面迎接他的，不知是福是祸，但是，他从没有比现在更清醒过，更坚定过，他知道他要做什么，做一件他早就该做的事，敲开这房门，然后走进去，去面对那个家庭。那个他生命中必将面对的一切，鸵鸵，和她的家庭。他走过去，按了门铃。

　　开门的是个十四五岁的女孩子，剪到齐耳的短发，穿着初中的制服，不用问，他也知道，这就是鸵鸵的小妹，大家叫她小四。小三已读高中，老二是家里唯一的男孩。奇怪，韩青对他们全家都那么熟悉，而这全家却都不认识他。小四用惊愕的眼光看着他，问：

　　"找谁？""袁嘉佩。"他简单地说，"你姐姐。"

　　"她还没回来呢！她陪客人吃饭去了，你是谁？"

陪客人吃饭去了！是那个在欧洲有别墅的"柯"！韩青的心沉进了一个不见底的深渊，但他却往前迈了一大步，走进院落，走向里面的房门。

"小四！"他清楚地说，"告诉你爸爸和妈妈，说有个叫韩青的人要见他们！""你怎么知道我是小四？"女孩惊讶万状。

"不只知道你是小四，还知道你叫袁嘉琪，小三叫袁嘉瑶，老二叫袁嘉礼。你正念初三，暑假要考高中。"

"你是谁？"小四笑着嚷，又惊讶又好奇，眼珠骨碌碌转，有几分像鸵鸵。"我是……"他想了想，"我是韩青，你未来的姐夫。"

"啊呀！"小四惊呼，用手蒙着嘴，反身就往屋内跑，一面跑，一面大声喊着，"妈！妈！有个阿兵哥，说他是我的姐夫，来找大姐了！"这一喊，把整个屋子的人都惊动了，一阵零零乱乱的脚步声，首先跑出来的，是个胖胖的中年妇人，不用问，韩青也知道，这就是鸵鸵的母亲了。她高大，整洁，不施脂粉，眉目间，有那么种凛然不可侵犯的样子，站在那儿，脸上充满了惊愕与不解，双目炯炯，带着无限怀疑地盯着韩青。

"你是什么人？"她冷冷地问。

看样子，他要对每个人重复自己的身份，他真想一次解决这种考问。他脱下军帽，点了点头，说：

"伯母，我是韩青，请问伯父在家吗？我可不可以进来向你们慢慢说！"袁太太盯着他，或者是他脸上那种坚决，或者是他眉宇间那种迫切，使这位母亲让开了身子。他走了进去，立刻，他就被许多眼光所紧盯着了，小三出来了，老二出来了，小四还没走，而鸵鸵的父亲袁达——一位极具威严及风度的中年人，正站在客厅正中间，眼睛一眨也不眨地盯着他。不愧是军人出身，袁达看起来还很年轻，腰杆挺直，肩膀宽厚，眼光凌厉。"你说你是嘉佩的朋友？"他锐利地问。"是。"他很快地回答，自己也不知道从哪儿来的胆量，"我和嘉佩——"真怪，叫惯了鸵鸵，再称呼"嘉佩"似乎太陌生了，"在一九七八年十月二十四日认识，到这个月二十四日就满了四十一个月。我毕业于文化大学劳工关系系，目前正在服兵役，七月就要退伍了。我早就该来拜见伯父伯母，只是鸵鸵说时机未到。我想，我不应该再迁延下去，因为，我必须来告诉你们，我深爱着你们的女儿，而鸵鸵，也深爱着我。我们准备在我退役以后结婚！"

这番话显然震惊了每一个人，室内突然间变得好安静，大家都呆呆地瞪着他，好像他是个乘坐飞毯从天而降的童话人物。好半天，袁达才重重地咳了一声，指指沙发，命令似的说："坐下！"他坐下了。袁达燃起一支烟，一时间，似乎不知该怎么办好，韩青显然给了他们一个太大的意外。然后，他忽然就生气了，回头瞪视着那呆若木鸡的妻子。

"很好，"他对太太点着头，"我在外面忙事业，你在家里做什么？嘉佩的一举一动，来往朋友，你注意过没有？这下子，好极了！有个陌生人就这样堂而皇之地走进来，通知你，他要和你女儿结婚……""这……这……这……"袁太太张口结舌，"你怎么怪起我来了？你该去问嘉佩呀！嘉佩从念大学，就没停过交男朋友，谁知道这位这位……这位……"她盯着韩青。

"韩青。"韩青再重复了一次，抬眼望着两位长辈。他身子笔挺，眼光坚决，声音稳定，每一个字，都像金铁相撞，铿然有声："我知道你们不认得我，我知道你们根本没听说过我，我知道你们又惊奇又愤怒，我知道你们也不打算接受我。可是，我一定要告诉你们，鸵鸵和我相识相知相爱，我们也经过一大段艰辛的心路历程。这些年来，她胃痛，我给她买药；她心情不好，我带她看海；她感冒，我陪她看医生；她念书，我陪她查字典；她考试，我陪她温功课；她快乐，我陪她上天堂；她悲哀，我陪她下地狱！能相聚的每分每秒，我们聚在一起！不能相聚的每分每秒，我们的心在一起，今天我敢站在这儿，我敢面对你们两位，只因为鸵鸵给了我一封信，她在向我呼救！我不能不来！不管现在她在什么地方，不管那个跟她在一起的人有多么优秀，有多么杰出，他绝对抵不上我爱鸵鸵的千分之一，万分之一，万万分之一！所以，我来了！我来救鸵鸵，也救我自己！因为，万一她不幸，我会比她更不幸！"袁达夫妇愕然对视，说真话，他们对韩青这一大篇话，几乎根本没有听懂，也根本没有弄清楚，更搅不明白，他为何要救鸵鸵，又为何要救他自己。

在韩青滔滔不绝、侃侃而谈的时候，谁都没发现，鸵鸵已宴罢归来。她一走进客厅，看到韩青，她整个人就傻了，像被钉子钉在那儿一样动也不能动了。

然后，她听到了韩青这番话，看到了他眉端眼底的坚决。如果全世界的人都不了解韩青，都看不到他讲这番话时，他的心在如何滴着血，那么，就只有一个人可以了解，可以看到，可以感觉，可以和他一起滴血……那就是鸵鸵了。听到这儿，她再也忍不住了，张口呼唤："韩青！"韩青一下子回过头来，和鸵鸵的目光接触了。在这一刹那间，如电光与电光的交会，两人心中都震动得怦然而痛。世界没有了，天地没有了，父母不存在，小三小四都不存在……他们只看到彼此，看到彼此痛楚的心灵，看到彼此烧灼的心灵，看到彼此煎熬的心灵，也看到彼此热爱的心灵……

　　"韩青！"鸵鸵再喊了一声，面孔白得像纸，泪水迷蒙了视线，思想混乱成了一团，迷糊中，只觉得自己那么可鄙，居然写那封该死的信给他！后悔，惭愧，惶恐，感动……一下子齐集心头，她昏昏然地伸手给他，昏昏然地说了一句："惩罚我吧！骂我吧！责备我吧！我不知道我做了些什么……"

　　"别说！鸵鸵！"韩青站起身子，张开了手臂，"不能把你保护好，是我的过错！不能让你远离诱惑，是我的过错，不能让你在需要我时，守在你旁边，是我的过错！不能在你寂寞时慰藉你，在你脆弱时坚强你，在你疲倦时安慰你……都是我错！都是我错！"她立即飞奔而来，扑进了他怀里。痛哭着把脸埋在他那宽阔的、男性的胸怀里。他紧拥着她，闭上眼睛，下巴掩进她那又黑又密的长发中。袁达夫妇是完全傻了，然后，袁太太才发现似的对小三小四大吼："进去！都进去！有什么好看！小孩子不许看！”

那一对拥抱的人儿继续拥抱着，对袁太太的吼声恍如未觉，这一刻，除了他们彼此的心声外，他们听不到其他任何的声音。

第十九章

　　韩青又回到营区继续服役了。

　　经过了三天的相聚，三天的长谈，三天在袁家公开的露面……鸵鸵和韩青，好像在人生的路途上都往前迈了一大步。袁达夫妇，开始认真研究起韩青来，把他的家世学历来龙去脉问了个一清二楚，韩青坦白得可以，知无不言，言无不尽。当袁达夫妇知道他只是个来自屏东小乡镇的孩子，家里在镇上开着小店……夫妇两个只是面面相觑，一语不发，韩青感到了那份沉重的压力。他从不认为自己的出身配不上鸵鸵，但是，袁家上上下下，连小三小四都投以怀疑的眼光。于是，他终于明白，鸵鸵说"时机未到"的原因了。而当袁达夫妇进一步问他对未来的打算时，他只能说："我会去找工作！""找什么工作？"袁达锐利地问。

　　"大概是工商界的工作，我学的是劳工关系呀。"

　　"那么，是拿薪水的工作了。如果你顺利找到工作，起先你会列入实习人员，然后受基本训练，正式任用，可能是一年半载以后，那时，你会成为某公司的一个小职员，每月收入一万元左右的薪水，再慢慢往上爬，爬上组长、课长、副理、经理……大约要用你二十年的时间。"

他瞪视着袁达。"那么，伯父，您有更好的建议吗？"他问。

"我没有。"袁达摇摇头，"这是你的问题，不是我的问题。念大学时，你可以向家里要钱，你可以做临时工赚生活费。婚姻，是组合一个家庭，你并不是只要两情相悦，你要负担很多东西，生活，子女，安定……和一切你想象以外的问题。我看，你慢慢想吧，你的未来，是一条很长很长的路！我只怕嘉佩，等不及你去铺这条路！"

他回头去看鸵鸵，鸵鸵默默无语。鸵鸵啊，你怎么不说话呢？你怎么不说话呢？难道你不能跟我一起去铺这条路吗？然后，他又更体会出鸵鸵那"时机未到"的意义了。

袁太太是个自己没有太多主张，一切都以丈夫的意志为意志，丈夫的世界为世界的女人。对于袁达，她几乎从结婚开始就深深崇拜着。因而，对管教子女方面，她一向也没有什么主见。她心地善良，思想单纯，是非观念完全是旧式的。对于"人"的判断，她只凭"直觉"，而把人定在仅有的两种格式里，"好人"和"坏人"。韩青忽然间从地底冒出来，严重地影响到她母性的威严，又让她在丈夫面前受了委屈，她怎样也无法把韩青列入"乘龙快婿"的名单里去了。何况，韩青的出现，还严重地影响到另一个追求者——柯，柯或者也不够"好"，但是，毕竟是光明磊落的追求者，不像韩青这样莫名其妙地从天而降，于是，她对韩青说的话就不像袁达那样婉转了，她会直截了当地问一句：

"你养得起嘉佩吗？"

或者是："我们嘉佩还小，暑假才大学毕业，男朋友也不止你一个，你最好不要缠着她，妨碍她的发展！"

韩青简直不知道该如何应对。

三天里谈不出什么结果，韩青放弃了袁氏夫妇的同意与否，全心放到鸵鸵身上去。鸵鸵又保证了，又自责了，又愧疚了，又发誓了……他们又在无尽的吻与泪中再度重复彼此的誓言，再度许下未来的心愿，鸵鸵甚至说：

"我只等着，等着去做韩家的儿媳妇！"

于是，韩青回到营区继续服役。可是，他心中总有种强烈的不安，虽然鸵鸵流着泪向他保证又保证，他却觉得鸵鸵有些变了。她比以前更漂亮了，她学会了化妆，而一点点的装扮竟使她更加迷人。她的衣饰都相当考究，真丝的衬衫，白纺的窄裙，行动间，显得那样款款生姿，那样楚楚动人。脖子上，她总戴着条细细的K金链子，上面垂着颗小小的钻石。他甚至不敢问她钻石是真的还是假的。他握她的手，找不到他送的金戒指，她笑着说："我藏起来了，那是我生命里最名贵的东西，我不能让它掉了。"很有道理。他还记得送金戒指那天，十二朵玫瑰花，她站在门外等他起床！足足等了四十七分又二十八秒钟。也是那天，他把她从女孩变成女人。

不能回忆，回忆有太多太多。

他继续服役，鸵鸵的信继续雪片般飞来：

　　——没有遇到你，我不知何时才能结束"爱的游戏"？我将如一只倦鸟，找不到栖息的窝巢

　　——没有遇到你，我不知何时才能发现自己潜在的能力？是你激发并发掘了这块原本是废墟的宝藏

　　——没有遇到你，我如何晓得我原来也会如此疯狂地恋爱？你是那火种，点燃了我心头的火花。

　　恋爱的句子总是甜蜜的，情书中的文字总是动人的。但是，韩青仍然不安，强烈地不安着。他知道，那个"柯"还留在台湾，还继续着他各种的追求，鸵鸵来信中虽只字不提，方克梅的来信中却隐隐约约地暗示着。方克梅，这个在最初介绍他们认识，和他们共有过许多欢笑、玩乐，也共同承担过悲哀：失去的小梅梅，死去的小伟，疯了的丁香……然后，又在他和鸵鸵的生命里扮演桥梁，他从营区寄去的每封信，都由方克梅转交。可是，方克梅自己，却在人生舞台上演出了另一场戏，另一场令人扼腕、令人叹息、令人惊异而不解的戏。她和徐业平分手了。经过四年的恋爱，她最后却闪电般和一位世家子弟订了婚，预计七月就要做新娘了。对这些变化，她只给韩青写了几句解释：

　　如果徐业平能有你对嘉佩的十分之一好，我不会变，如果他也能正对我的父母，我也不会变。但是，四年考验下来，

我们仍然在两个世界里……

徐业平在东部某基地服役，写来的信，却十分潇洒：

我早跟你说过，我和小方不会有结果。这样正好，像我们以前唱的歌，"你有你的前途，我有我的归路"。我不伤心，自从小伟死后，我早知万事万物，皆有定数，别笑我成了宿命论者。我一点也不怪怨小方，对她，我只有无数的祝福，毕竟，我们曾如此相爱过。

这就是方克梅和徐业平的结果。

韩青还记得，在服兵役前，有天，他住在徐业平家里。那晚，两人都喝了点酒，两人都带着醉意，两人都有心事和牵挂，两人都无法睡觉，他们曾聊天聊到凌晨。

"业平，"韩青曾说，"我们将来买栋二层楼的房子，你和小方住楼上，我和鸵鸵住楼下。一、三、五你们下楼吃饭，二、四、六我们上楼吃饭。你觉得如何？"

"不错啊！"徐业平接口，"我们四个还可以摆一桌呢！"

结果，方克梅和徐业平居然散了！居然散了！也是那晚，韩青还说过："我现在什么都不担心，就是担心鸵鸵！"

"不要担心她！担心你自己！"徐业平说，"你比她脆弱多了！""是吗？"韩青不敢苟同。注视着徐业平，想着鸵鸵和小方，两种典型的女孩，各有各人的可爱之处，他不禁深深叹息了：

"业平，我们两个都一无所有，想想看，小方和鸵鸵为什么会爱上我们？她们都那么优秀，那么出色！我们……唉！真该知足了！不是吗？"

徐业平沉默了，难道那时，他已预感到自己会和小方分手吗？难道他已看到日后的结局吗？他不说话，只是一个劲儿地抽烟，于是，韩青也沉默了。两个好友，相对着抽烟，直到凌晨四时，徐业平才叹口气说："睡吧！"

第二天早上起来，两人都一脸失眠的痕迹，徐业平问韩青睡得好不好，韩青说："正面躺，左面躺，右面躺，反面躺，都睡不着。"

徐业平嘻嘻一笑，说：

"我看你大概也站着躺吧！"

往事历历，如在目前。小方却和别人订婚了。徐业平和小方本身，不管多么潇洒，韩青和鸵鸵，却都为这件事消沉了好一阵子。"世外桃源"的打情骂俏，来来的许愿池，水源路的小屋，金国西餐厅中为"小梅梅"取名字……往事历历，如在目前，往事历史如在目前。

但是，方克梅和徐业平居然散了，居然散了。

在营房中，韩青捧着徐业平和小方分别的来函，好几个深夜，都无法成眠。总记得小方过二十岁生日，穿一袭白色衣服，襟上配着朵紫罗兰，和徐业平翩然起舞。也是那晚，韩青第一次认识了鸵鸵！"小梅梅，你再也不会有弟弟妹妹了！"他叹息着。

但是，真有个小梅梅吗？她存在过吗？是的，她存在过，虽然只有短短两个月，她确实存在过。但是，她也去了。从糊涂中来，从糊涂中去。生命是古怪的东西，韩青年龄越长，经历越多，自负越少，狂傲越消……他再不敢说他了解生命，更不敢说他了解人生。同时，鸵鸵的来信变得越来越短，越来越零乱，有时，他甚至不知道她在说些什么。她开始谈到毕业，因为她马上就要毕业了。但她谈了更多有关社会，有关成长，有关生活"境界"的问题，含糊的、暗示的、模棱的。他困扰着。可是，他在极大的不安里，仍然对鸵鸵有着信心，只要他退了役，可以和她朝夕相处，可以找到一份足以糊口的工作……什么都可以解决，什么都可以成功。一个"圆"已经画到最后的一个缺口，只要那么轻轻一笔，就可大功告成。等待吧，因为他也马上就要退役了。就在他退役前夕，鸵鸵寄来一封真正让他掉进冰渊里去的信，虽然信上并没有一个字说她已经变心：

青：

时钟敲了一响又一响，告诉我夜已深了，再过数小时，就是认识四十四个月，多快，只是一晃眼而已。三年又八个月该上千天，从一开始算起吧，也算个半天才算完呢！怎么回首时却有如云烟般片刻即过？

近四年来，事实上，从一开始你就犯了一个最大的错误——你让我误以为你百般迁让我是应该的。在你面前，我一直是最骄横、任性、倔强、善变的女孩，可是你始终给予我最大的宽容与爱心。

如果世界上真有因果报应，我将遭到报应的。也许有一天我受人虐待时，我将反悔不已，而当我再想回到你身边时，一切都已经太晚了！

其实我原不想写封伤感的信，你知道。可是，我一定要把我心中积压的话告诉你，否则，我们的距离也只有越拉越远。以前种种，甜蜜的，伤心的，欢乐的，悲哀的……简直无法计数。真像一场梦！一场最美丽的梦，说什么美梦最易醒，好梦难成真，事实上，那存在的片刻即是永恒。人为什么刻意追求恒久呢？世间没有一样东西是恒远不变的，时间在流逝，山河在变迁，人心在转移。在巨变的空间里追求永恒，原本就是——悲剧。

我无意对自己的改变辩解些什么，我也不愿推说那是做事带来的成长。事实上，你知道我一直在改变，一直在成长，我的成长过程像爬楼梯一样，一级一级往上爬，永不终止。而每一阶段的成长都是艰辛痛苦，然而回首时总是带着满足的微笑，而不同阶段的成长更有着不同的视界。发觉与你有隔阂，该是这半年多的事，严格说起来，错不在你，也不在我。当兵两年，你与社会隔绝脱节，幸好你是知道上进的，你并没有让我失望，你一直表现得非常好。在部队里，我发现你学会了容忍。但是，无论如何，你终究是个"男孩"，我并不是说你不够成熟，但你除了热情以外，还缺乏了某些东西，这是真的。

也许接触了社会上的生意人，我已不再是昔日清纯的女学生。我无意批评社会，事实上社会也是由人组成的。而其中分子良莠不齐，如何能置身其间，站稳脚跟，不随波逐流，又有所方向才是最重要的。你所缺乏的，或许该说我们所缺乏的，就是一套"成人"处理事情的方法与态度。它并不是虚伪的，而是智慧、真诚，加上高超技巧的结晶。对于社会的种种，你仍然是"稚嫩"的。这完全不是你的错，因为你还没有机会走进社会！你需要的是时间与继续不断的挑战，以及换来的头破血流与经验教训。现在的我至少已有一脚踏入了社会，我已不再排斥它，不带着太多的幻想，也不再对其黑暗面感到恶心！我已经"进入"了这个"境界"，你知道我无法"退入"以前的"境界"里，你目前要做的，就是迎头赶上来！你积极要做的，就是做一个"成人"！

　　我依旧稚嫩得可以，我仍不得进入成人的境界里。我深信如果今天我是个成人，我会把你我的情况处理得很好，而不要像现在这样，一把眼泪一把鼻涕般写这封信。很抱歉，我难过极了，其实我已难过很久很久了。说什么我也难以忘怀往事！近四年来，你曾是我整个生活的重心，我又怎忍心伤害一个挚爱我的人？于是，我压抑又压抑，不想写这封信，但是原谅我，我毕竟要面对这份真实！如果每个人每阶段有份不同的爱，请相信我，给你的是一段最真挚纯情的爱。我不敢肯定这段情是否持久下去，但我会永远感激你！让"鸵鸵"两个字永远伴着你，如果有一天（万一有这么一天的话！请……请不要掉眼泪！），我不能伴着你度过一生一世，此生此世，"鸵鸵"永远消失在人间，没有第二个男人叫得出口！抱歉！我又让你难过了！近四年来，我似乎总让你在担心苦闷中度过，而你却甘之如饴，视此为磨炼，真真难为你了。如果我有福分能做你的妻子，让我用四十年来偿还你！惦着你，好担心你会做傻事，我不敢奢求你会答应我些什么，因为我知道我不配！我只请求你，善待你自己，看在你父母的分上，看在老天的分上，求求你！别再把我比为天鹅，我只是只丑小鸭，有一天我野倦了，想回来探探老巢，如果你不嫌弃我，叫声我的乳名！如果你已厌烦了，或是巢穴里已有了新人，就称我声"嘉佩"吧！

鸵鸵

写于相识四十四个月

一九八一年六月廿四日

韩青把信看了一遍又一遍，没有人的信能写得比她更好，没有人的表达力能比她更强，没有人能像她一样，把一封"告别书"写得像封"情书"一样婉转动人，没有人能用如此真实的态度来对他诉说"成长"带来的"距离"……没有一个人会让他此刻心如刀剜、泪如雨下。没有一个人！只有他的驼驼！他那深爱着、深爱着、深爱着的驼驼！如果他能少爱她一些，如果她能"平凡"一点，不要如此聪明，不要如此敏锐，不要如此深刻，不要如此感情，甚至，不要如此理智……那有多好！那么，他就不会这样冷汗涔涔、浑身冰冷了。在这一瞬间，吴天威的话掠过他的脑海："袁嘉佩，那女孩太聪明，太有才气，太活跃，又太受人注意！韩青，你该找个平凡一点的女孩，那么，你会少吃很多苦！"如果她不是驼驼，他会少吃很多苦！但是，如果她不是驼驼，他会不会这样如疯如狂、刻骨铭心地去爱她？

他坐在营房里，握着信笺，沉思良久，然后，他毅然站起身子，挥去泪痕，重重地甩头，咬着牙说：

"等着我，驼驼！全世界没有东西能分开我们！等我追上你的境界，等我去做一个'成人'！等着我！驼驼！等着我！我不会放弃你，永不！永不！"

第二十章

七月十一日，韩青退役了。

回到屏东老家，他只住了三天，就风尘仆仆，直奔台北。暂时住在也刚退役的徐业平家，他开始疯狂地找工作。此时，方克梅已经嫁了，徐业平心灰意懒之余，正发狠地准备托福考试，预备出国了。没有一个人像韩青这样疯狂，他在退役前，寄出了两千封求职信，而在接踵而来的一个月以内，又马不停蹄地去应征、面试、考试了数十家公司，徐业平骂他是"狂人"。可是，当一九八一年的八月，他已同时被三家大企业公司录取，只等他自己来选择，该进哪一家公司去工作。

鸵鸵和他的重聚，带来的是锥心般的痛楚。他开始深深体会到鸵鸵信中所说的一切，她变了！变得成熟，变得稳重，变得高贵，变得深谋远虑……变得那么多，以至于，他痛楚地感到，她和他之间，已那么陌生了。陌生得过去的点点滴滴，都恍如一梦。当他必须在三个工作中选一个的时候，他唯一的意念，仍然是"找一个高薪的工作，和鸵鸵马上结婚"。可是，在徐家，鸵鸵和他单独地、恳切地深谈了一次："当你决定工作的时候，最好不要考虑我，只考虑你自己，适合于什么工作。""我怎能不考虑你？"他懊恼地大叫，"我是为了你才这样到处乱撞，为了你才考虑待遇、工作性质、工作环境和工作地点！"他深吸口气，不要叫，不能叫，要跟她好好谈，要表示风度，要表示"成熟"。他开始沉痛地正视她，一本正经地问："鸵鸵，你还要不要嫁给我？"

鸵鸵凝视他，真切地凝视他：

"我以为我给你的信里已经说得很清楚了！"

"不清楚。"他摇头，"完全不清楚。鸵鸵，你说了两种可能性，一是嫁给我，用你四十年的生命来补报我。一是离开我，等野倦了，再回头来瞧瞧旧巢。现在，"他握住她的手，"你到底选择了哪一样？"她想把脸转开。"韩青，我想……我配不上你！"她挣扎着，嗫嚅着说，"你就……放了我吧！"他伸手捏住她的下巴，强迫她面对自己。

"你的意思是我配不上你，你也不再爱我了，不再要我了！对吗？"他有了几分火气，"你的意思是，四年间点点滴滴，都要一笔勾销了，是吗？看着我！准确地回答我！不要再用模棱两可的句子来搪塞我！"

"韩青！"她喊了出来，被迫地面对着他，"我刚刚才大学毕业，我还不想结婚！我想，我从头到尾就没有稳定过！我对我自己善变的个性太害怕！而你，韩青，你如此纯真，一直纯真得像个小男生！你正视一下我们的前途吧，如果我们真结婚了，会幸福吗？会幸福吗？""为什么不会？"他用力地问，"只要我们相爱，为什么不会？""相爱是不够的！"她终于有力地说了出来，"韩青，两个生长自不同环境的人，要结为夫妻，共同去生活数十年，并不仅是相爱就够了！还要有共同的兴趣、共同的目标、共同的朋友、共同的社会阶层、共同的境界、共同的生活水准……否则，爱情禁不起三年的考验，就会化为飞灰！韩青，你看过爱得死去活来终于结合的夫妻，却在数年后反目成仇而离婚的例子吗？……""那么，你的意思是，我们没有丝毫共同点？"

"以前，我认为我们有。那时，我是个单纯调皮的大学女生，你是个单纯调皮的大学男生！那时，我们的确是在同一个水准上。我们的爱好兴趣都很接近，弹吉他、唱民歌、批评教授、埋怨社会，什么事都不懂，却目空一切！真的，韩青，那时的我们就是这样的，所以我们会相爱。可是，现在，什么都不同了。""怎么不同了？"他追问，"除了一件，你变得现实了！你开始追求物质生活了！"她抬眼看他，泪水冲进了眼眶。

他立刻后悔了。"原谅我！"他说，握紧她，"你使我心乱如麻，你使我口不择言，我并不是要讽刺你，我只想找出我们之间问题的症结！""你说对了！"她含泪点头，"我变得现实了！我知道柴米油盐酱醋茶的生活，绝对赶不上琴棋书画诗酒花的生活！我知道送一束玫瑰花也要你有钱去买一束玫瑰花！我知道当两个人望着月亮互诉爱情的时候必须先填饱肚子！我知道你要一个如诗如梦、飘逸美丽的妻子，绝不要一个蓬头垢面洗衣擦地板的女人……""停!"他说,"我们的问题归纳到了最后一个字:钱!"

她深深摇头,深深深深地摇头,她注视他的眼光,如同注视一个不解事的、天真的孩子:

"并不是那一个字。韩青,或者说,不止那一个字。还有其他很多东西。例如,我花了很多时间学英文,学法文,我一直想去欧洲,一直想写点什么。你认为,我这种人——我并不是说我很高贵,我只是强调我就是这样一个人,能不能到屏东一个小乡镇上,去当个心满意足的杂货店老板娘呢?去当你父母的乖儿媳妇呢?"

韩青面色转白了。"我从不以我的家庭为耻辱!"他正色说。

鸵鸵的脸色也转白了。

"假若你认为我说这句话,是表示我轻视你的家庭,那么,我们两个的境界就已经差得太远了!"她沉痛地说,把手压在胃上,她的情绪一激动,那胃就又开始作怪了。"我从来没有轻视过你的家庭,我只是举个例子,表示我们之间,还有许多以前根本没有去想过的问题!人,不是可以离群独居的,人是除了夫妻关系之外,还要有父母、亲戚、朋友和社会大众的!你……你……"她说不清楚,泪水就夺眶而出,"你根本不了解我!"她站起身来,往门外冲去。

"慢着!"

他大踏步走过去,拦住她,他的眼眶涨红了,眼光死死地盯着她:"我知道我们之间已有距离,不过,世界上没有跨不过去的距离。我只问你最后一句话。"他深吸口气："鸵鸵，你还爱我吗？"泪珠从她面庞上纷纷滚落。

"这就是我最大的烦恼！"她坦白说，"韩青，我从来没有停止过爱你！从来没有！"

他静静地看她，认真地看她，深深地看她，看了好久好久，然后，他说："谢谢你！鸵鸵。谢谢你这句话。我或者很天真，我或者很幼稚，我或者还没有成熟，我或者不能给你安全感。但是，只要有你这句话，我的信心永不动摇。鸵鸵，你帮我做了一个决定，现在有三个工作等着我去做，其中只有一家公司在南部，我决定回南部去工作了。我想，我现在也很脆弱，我要回到一个宠我的家庭里去。然后，我在南部打我的天下，你在北部打你的天下，我们暂时分开，让我们两个都认真地考虑一下，我们还有没有结合的希望。"他喉中哽了哽，唇边却浮起一个微笑："鸵鸵，你知道三天后是什么日子吗？"

"我知道。"她也微笑起来，虽然泪珠仍然晶莹地挂在面颊上，"八月二十四日，我们认识，整整四十六个月了。"

"当我们有一天，庆祝我们认识四十六周年的时候，我希望你会对我说一句，你从没后悔嫁给我！"他说。眼睛又闪亮了，面庞上又绽满了希望的光彩。"鸵鸵，记得我服役前夕，你在我枕上留条子，你写着：'青，你要回来娶我！你一定要回来娶我！我等你，我一定等你！'你还写着：'我一字一泪，若神天上果有知，愿你成全我的心愿，我愿弃名利，抛世俗，只愿与你比翼双飞，此生此世。'瞧，我都会背诵了。

鸵鸵，你还记得吗？""是，我记得。"她眼中又蒙上了泪影，声音里迸裂着痛楚，"记得每一句誓言，记得每一个片段，记得每一个细节……记得所有的点点滴滴。""但是，那些山盟海誓，总不会随风飘散吧？大学生的恋爱，再怎么不成熟，总不会只是儿戏吧？"

"不。韩青。"她咬紧牙关，蹙着眉，试着想让他了解，"我并没有否认我们过去的爱，我并没有想抹杀我们那四年，你也知道，在这四年中，我做了多么完整的奉献，你一直是我生活中的重心……""现在不是你生活的重心了！"他终于忍不住冲口而出。"鸵鸵，"他深沉地说，语气郑重，眼神愁苦，"坦白告诉我吧！不要用'成长''境界''成熟'这种大题目来挡住我的视线，坦白地告诉我，你生命里又有了别人，是吗？我们之间有了第三者，是吗？"她深吸了一口气，沉吟了片刻。

"你知道，我们之间一直有第三者，我不否认，目前还有别人在追求我。可是，这些年来，我并没有背叛过你，也没有隐瞒过你什么，是不是？我一直是很诚实的，是不是？那些第三者，也从没把我们分开过，是不是？"

"那么，"他屏息说，"我们的问题，确实是在我'不够成熟''没有长大''不能给你安全感'上？""是。""经过那么一段刻骨铭心的恋爱以后，用这些理由来分手，会不会太牵强了？"他激烈地说，立刻，他又后悔说这几句话了，是的，他还不够成熟，说这几句负气的话，就表示他还没成熟！他深深叹了口长气，接着说："好！我承认我不够成熟！但是，鸵鸵，"他加强了语气，"等我！等我！"他低语，热烈而诚挚，每个字都挖自肺腑深处，"等我，我会很快追上你的境界！走入你那个成人的世界！等我来娶你！我相信，将来带你去巴黎的，不会是别人！一定是我！现在，我离开你，让你一个人去思考，让我一个人去奋斗……我想，我们都需要冷静，都需要'孤独'一阵……"

"就像那个暑假，你拼了命去打工一样。"她回忆地说，唇边浮起温柔的微笑，眼底流露着欣赏的光华，"你知道吗？韩青，那是你最深刻地进我内心的一次！你那么坚强、高傲、潇洒。整个暑假，你离开我，让我去面对自己！"

"现在，又是一次，该我坚强潇洒的时候了！"他凄苦地微笑起来，"最起码，我还懂得一件事，'爱'一个人，不要去'缠'一个人，奉献自己，而不要去左右对方的意志！"

她仰着头看他，眼睛闪着光彩。

"你知道吗？"她由衷地说，"你实在是非常非常非常可爱的！""你知道吗？"他也由衷地说，"你也实在是非常非常非常可爱的！"他们又相对注视，彼此都在彼此身上、脸上，看到那些逝去的岁月，看到那些已过去的欢乐，看到那些数不清的誓言，看到那些点点滴滴、丝丝缕缕的爱。终于，韩青沉痛地把手压在她手上，握紧她，痛楚地从齿缝中迸出一句话来："鸵鸵，我们是怎么了？我们到底是怎么了？如果我们还相爱，如果我们还彼此欣赏，是什么东西把我们隔开了？是什么东西？""我不知道。"鸵鸵虚弱而诚实地回答，"我想，这样东西的名字可能就叫'考验'，我们还需要一段时间的考验，才知道是否能共用未来。""难道四年多的考验还不够？"

"那四年，我们并没有面临'考验'，我们只是忙着去'恋爱'！如今，除了恋爱之外，我们要面对的真实人生，这才是最重要的！韩青，我在信里写过，成长的每个步骤都很痛苦，这考验也是痛苦的，熬过了，我们在人生的境界里，就真正可以所向披靡了。熬不过，你就还是个大学小男生！而我……""你已经不是个大学小女生了。"他接口。

"是的。"她含泪点头。

"好！"他坚决地说，"给我时间！让我长大！让我来通过这段考验！让我向你证实我自己！"然后，他又瞅了她好一会儿，就猝然转开身子，大声说："在我'缠'住你以前，快走吧！"她挥去泪痕，再凝望了他的背影一眼，转身欲去。

"鸵鸵！"他背对着她说，"我爱你！永远爱！"

她收住脚步，怔了怔。然后，她飞奔回来，从背后抱住他的腰，把湿漉漉的面颊紧贴在他的肩上，在他耳畔又轻又快地说："谢谢你能了解我，谢谢你能体贴我，谢谢你能为我去单独奋斗，谢谢你能这么深切地爱我，谢谢你给了我最快乐的四年，谢谢你一切的一切！"

他咬紧牙关，不让自己回头去看她，不让自己再去抓住她。而泪水，却极不争气地往自己眼里冲去。他觉得心碎了，心完完全全地碎了。不知怎的，他就觉得这场面像是在诀别似的！她那一连串的"谢谢你"让他每根神经都绞痛了，他真想对她大喊："不要谢我，只要嫁我！"

不行！他知道。如果他这样说，她会轻视他！她会认为他肤浅、幼稚、不成熟。而现在，他最怕的一件事，就是被她轻视。他的腰杆笔直，身子僵硬，站立在那儿！他像个石像般动也不动。然后，她又在他耳边低语："如果你耳朵痒的时候，不妨打个电话给我！"然后，她说了最后一句："再见了！韩青！"

"再见了，鸵鸵！"他也哑声回答，依旧没有回头。

她放开他，转身飞奔而去了。

他依然挺立在那儿。听着她的脚步声一步一步地消失，一步一步地消失，一步一步地消失……似乎一步一步消失到了世界的尽头。每个脚步都踩碎了他的心，不知怎的，他就觉得整颗心都撕裂了，都粉碎了。

人类的悲哀，就在于永远不能预知未来。假若韩青那时能知道以后会发生的事，恐怕他宁可被她轻视，宁可"缠"住她，也不会放她走的。但是，他不能预测未来，他竟然不能预测未来！

第二十一章

　　两天后，韩青回到了屏东，开始就任于某产物有限公司。受训一个月后，立即被编为正式职员，负责推展业务方面的工作。韩青又像那个暑假一样，进入了一种"疯狂"的工作状态中。从早上八点钟上班，他下班后再加班，总要忙到晚上十点十一点，回到家里，往往都已三更半夜。韩青的父母，用慈爱的胸怀迎接着这在外已流浪多年的儿子，两老从不问什么，只在韩青晚归时为他煮一碗面，早起时为他煮两个蛋。而在他深沉幽暗的眼神中，去体会他这些年来在外面经历过的磨炼。两老永远读不出韩青的心事，永远看不透他的哀愁，更无法进入他那孤寂的内心，去了解他那内心中强烈的思念、渴望、痛楚与挣扎。但是，他们用单纯的宠爱，来默默地包容他，没有怀疑，没有要求，只有付与。两老从不要求韩青快些"成熟"，快些"长大"！

　　韩青工作得那么累，那么辛苦，他几乎没有时间给鸵鸵写信。这段时间中，鸵鸵的来信也很少，每封都好短好短。虽然如此，韩青仍然可以深切地感觉出来，自己的心脏中，像有根无形的、细细的线，一直牵过大半个台湾，而密密地萦绕在鸵鸵的心脏上。每当夜深，这根线会忽然抽紧，于是，他会遏制不住自己，而拨个长途电话到台北，只对鸵鸵说上一句："没有事，只因为耳朵痒了。"

对面会传来一声低低的、悠悠的叹息。听到这叹息，够了，他不再想听别的。在他还没有把握已经追上她的境界，已经够得上成熟，已经让她在"爱"他以外，还能"尊敬"他的时候，他不想再为自己多说什么。该说的话，似乎都在上次说完了。剩下的，只是该做的事。于是，他会默默地挂上电话，而让无尽的相思，在无眠的长夜里，啃噬着他的心灵。

偶尔，他也会怀疑，鸵鸵身边已有新人了。在过去四年中，这种事是层出不穷的。但是，如果经过这样轰轰烈烈四年的相爱，她最后还能移情别恋，那么，对整个的人生，韩青还能信任些什么？不不，他把这层疑惑硬生生从心底划掉。可是，潜意识中，这层疑惑却根深蒂固。哦，鸵鸵，鸵鸵，鸵鸵……他心中辗转低呼，结束这种煎熬吧！结束我们彼此的煎熬吧！鸵鸵，鸵鸵，鸵鸵！让我相信你！让我百分之百地相信你！不，不能怀疑她。鸵鸵只是长大了，所以他也必须要长大！鸵鸵会等他的，他深信，鸵鸵会等他的。他更深信，即使她又有了新朋友，她还是会回到他身边。因为世界上没有人能比他更爱她，没有人能比他更宠她。四年来，她也多次想从他身边飞去，最后，仍然飞回旧巢。这就是鸵鸵，一个永远在找安全感，在找避风港，而又在找风浪，找挑战的女孩！但是，他有信心，当她飞倦了，必定会飞回旧巢，不论何时，他都会张开双臂，迎她于怀，让她休憩下她那飞累了的双翅。他等待着，很有信心地等待着。尽管这段等待的日子里充满了煎熬，他每天都要用最大的克制力，不打电话给她（偶尔，还是打了），不写信给她（偶尔，还是写了），但是，他总算做到一件事：不去台北"缠"她。尽管，他心底千遍万遍地呐喊着："鸵鸵！结束这种煎熬吧！结束这种煎熬吧！"

鸵鸵无语。两人间的"无线电"忽然有短路的情形。他收听不到鸵鸵的心声，不安的感觉把他密密围绕着。鸵鸵啊，你为何默默无语？新的一年在煎熬中来临了，木棉花开过又谢了。

他疯狂的工作有了代价，从职员升任到课长了。不能证明什么，他不知道自己的境界有没有追上鸵鸵？"境界"两个字好空泛，是一张无法得满分的考卷！鸵鸵啊！最起码，你看看这张考卷吧！虽然不见得及格，我已经尽力去答题了！用我的血和泪去答题了。鸵鸵啊，你看看考卷吧！

鸵鸵无语。鸵鸵啊，你为何默默无语？

不安和困惑把他牢牢捆住了，而且，他恐惧了。恐惧得不敢再打电话给她，不敢再写信给她，不敢去面对自己不知道的"真实"。然后，四月里，他在夜半忽然惊醒。像有个人在用线猛力拉扯他的心脏，把他从睡梦中痛得惊跳起来。

坐在床上，他突然那么强烈地感应到驼驼心声：韩青，你在哪里？韩青，你在哪里？

他披衣下床，立即扑向电话。

铃响了好久，表上的时间是凌晨两点半。不行！一定要听到驼驼的声音！驼驼，接电话吧！接电话吧！接电话吧！求求你！电话终于被接听了，接电话的不是驼驼，而是睡意蒙眬的小三。"韩青？"小三的声音怪怪的。"你……找我姐姐？她……她……"小三的语气含糊极了，暧昧极了，"她不在家，她……她去度假了。""度假？"他紧张地喊，"什么度假？"

"哦，哦，"小三嗫嚅着，"她要我们都不要跟你说的！她……她去日本了，出国了。大概一个月以后才回来！她回来后会跟你联络的！"电话挂断了。他呆呆地坐在床沿上。好半天都没有意识。然后，痛楚把他彻底打倒了，他用手紧紧地抱住了头。残忍啊，驼驼！你怎能如此残忍？去日本了，出国了！你一个人出国吗？还是有人和你同飞呢？当然，你不可能单独出国度假的，那么，是有人同飞了！驼驼，你忘了，你说过只和我比翼双飞的！你说过的！他摇着头，满怀苦涩，满脸都爬满了泪水。

好久之后，他振作了自己。忽然想起捧着十二朵玫瑰花的驼驼，巧笑嫣然的驼驼，抱着他的腰又笑又跳的驼驼，在海边唱万事万物的驼驼……他把手指送到齿缝中，咬紧了自己。不，我不恨你！我不怨你！我无法恨你！我无法怨你！去玩吧！去度假吧。玩累了，这儿还是你的窝，即使有人和你同飞，我也不怨。只要你回来，我什么都不怨，什么都不问，什么都不怪！只要你回来！

这种等待，变成煎熬中的煎熬了。

韩青彻夜彻夜不能睡，每个思绪中都是鸵鸵，驱之不走，挥之不去。她亭亭玉立地站在那儿：笑着，哭着，说着……他的鸵鸵，他那让他如此心痛、如此心酸、如此心爱的鸵鸵！他怎能这样爱她呢？怎能呢？

四月二十四日，又是纪念日了。

整天，韩青的心绪都不宁到了极点。疯狂地想念着鸵鸵。他去书店里，买了一张雁儿归巢的卡片，在上面写下两行字：

　　旧巢依旧在，只待故人归！

望着卡片，他没有寄出。卡片上有只雁子，一只飞着的雁子。他瞪着雁子，想起一支歌，歌名叫《问雁儿》：

　　问雁儿，你为何流浪？
　　问雁儿，你为何飞翔？
　　雁儿啊，雁儿啊，
　　我想用柔情万丈，为你筑爱的宫墙，
　　却怕这小小窝巢，成不了你的天堂！
　　问雁儿，你可愿留下？
　　问雁儿，你可愿成双？
　　雁儿啊，雁儿啊，

我想在你的身旁，为你遮雨露风霜，

　　又怕你飘然远去，让孤独笑我痴狂！

　　他的心酸涩苦楚，脑子里只是发疯般萦绕着这支歌的最后两句："又怕你飘然远去，让孤独笑我痴狂！"他把卡片丢进抽屉里，锁起来。但是，他能锁住鸵鸵吗？那怆恻凄苦之情，把他压得紧紧的，压得他整日都透不过气来。"又怕你飘然远去，让孤独笑我痴狂！"哦！他昏昏沉沉地挨着每一分、每一秒。心底是一片无尽的凄苦。鸵鸵啊，请不要飘然远去，让孤独笑我痴狂！这夜，他又无法成眠。

　　瞪视着窗子，他的思绪游荡在窗外的夜空中。心里反复在呼唤着鸵鸵。脑子里，有个影像始终徘徊不去。一只孤飞的雁子。孤独，孤独，孤独！有一段时间，他就这样彻底地体会着孤独。然后，忽然间，他耳畔响起了鸵鸵的声音，那么清晰，清晰得就好像鸵鸵正贴在他耳边似的，那声音清脆悦耳，正在唱歌似的唱着：

　　"无一藏中无一物，有花有月有楼台！"

　　鸵鸵回来了！她从日本回来了！他知道！他每根纤维都知道。鸵鸵在呼唤他！一定是她在呼唤他！四年多来，她每次需要他的时候，他的第六感都会感应到。而现在，他的第七感第八感第九感第十感……都在那么强烈，那么强烈地感应到，鸵鸵在呼唤他！他拔衣下床，不管是几点钟了，他立即拨长途电话到袁家，铃响十五次，居然没有人接听！难道他们全家都搬到日本去了？不可能！他再拨一次电话，铃响二十二次，仍然没人接听。他在室内踱着步子，有什么事不对了！一定有什么事不对了！为什么没人接电话呢？他再拨第三次，还是没人接。不对了！太不对了！他去翻电话簿，找出方克梅婚后的电话，也不管如此深夜，打过去会不会引起别人疑心，他硬把方克梅从睡梦中叫醒："韩青，"方克梅说，"你这人实在有点神经病！你知道现在几点钟吗？""对不起。"他喃喃地说，"只问你一件事，鸵鸵回来没有？"

"嘉佩吗？"方克梅大大一怔，"从哪儿回来？"

"日本呀！她不是去日本了吗？"

"噢！"方克梅怔着，"谁说她去日本？"

"她妹妹说的！怎么，她没有去日本吗？"他的心脏一下子提到喉咙口。"哦，哦，这……这……"方克梅吞吞吐吐。

"怎么回事？"他大叫，"方克梅！看在老天分上，告诉我实话！她结婚了？嫁人了？嫁给姓柯的了……""哦，不不，韩青，你别那样紧张。"方克梅说，"鸵鸵没有嫁人，没有结婚，她只是病了。"

"病了？什么病？胃吗？"

"是肝炎，住在荣民总医院，我上星期还去看过她，你别急，她精神还不错！""你为什么不通知我？"他对着电话大吼。

"韩青，不要发疯好吧！她不过是害了肝炎，医生说只要休养和高蛋白，再加上天天打点滴，很快就会出院的！她要我千万不要告诉你，她说她现在很丑，不想见你，出院以后，她自己会打电话给你的！你晓得她那犟脾气，如果我告诉了你，她会把我恨死！她还说，你正在努力工作，每天要工作十几小时，不能扰乱你！"

"可是，可是——"他对着听筒大吼大叫，"她需要我！她生病的时候最脆弱，她需要我！"

"韩青，"方克梅被他吼得耳膜都快震破了，她恼怒地说，"你是个疯子！人家有父母弟妹照顾着，为什么需要你！你疯了！"方克梅挂断了电话。

韩青兀自握着听筒，呆呆地坐在那儿。半晌，他机械化地把听筒挂好，用双手深深插进自己的头发里，他抱着头，闭紧眼睛遏制住自己一阵绞心绞肝般的痛楚。思想是一团混乱。方克梅说驼驼病了。真的吗？或者是嫁了？不，一定是病了。肝炎，荣民总医院，没什么严重，没什么严重！肝炎，肝炎，驼驼病了！驼驼病了！他猝然觉得心脏猛地一阵抽搐，痛得他从床沿上直跳起来。他仿佛又听到驼驼的声音了，在那儿清清脆脆地嚷着："韩青，别忘了我的木棉花啊！"

木棉花？他惊惶地环视四周，墙上挂着他和驼驼的合照，驼驼明眸皓齿，巧笑嫣然。驼驼，你好吗？你好吗？驼驼，你当然不好，你病了，我不在你身边，谁能支持你？谁能安慰你？谁能分担你的痛苦？他奔向窗前，繁星满天。脑子里蓦然浮起驼驼写给他的信："……愿君是明月，妾是寒星紧伴，朝朝暮暮，暮暮朝朝。忽见湖水荡漾，水中月影如虚如实……"他激凌凌地打了个冷战，不祥的预感那么强烈地攫住了他。他忍不住喊了出来："驼驼！我来了！我马上赶到你身边来！我来了！"

第二十二章

同一时间，鸵鸵躺在病床上，父母弟妹，都围绕在床前。病危通知，是医院临时发出的。在下午，她的情况还很好，她曾坚持要洗一个澡，坚持要换上一身学生时代的衣服。鹅黄色衬衫，绿色灯芯绒长裤，外加一件绿色绲黄边的小背心。躺在那儿，她就像一朵娇娇的小黄玫瑰花，被嫩嫩绿叶托着。鸵鸵的父母并不知道，在好几年前的十月二十四日，她曾穿着这套衣服，捧着十二朵玫瑰花，站立在一个男孩的门前。而后，她接受了一个金戒指，奉献了她自己，成为那男孩的新妇。那男孩叫韩青！在这一刻，没人知道鸵鸵心里在想什么，她就那么平平静静地躺着，眼睛半睁半闭着，眼神里有些迷惘，有些困惑，好像她正不懂，不了解自己将往何处去。她脸上有种优柔的悲凄，很庄穆的悲凄，使她那瘦削苍白的脸，显得更加楚楚可怜。她缩了缩肩膀，像一只在雨雾中，经过长途飞行后的小鸟，正收敛着她那飞累了的，不胜寒瑟的双翅。然后，她的眉头轻轻蹙了蹙，似乎想集中自己那已开始涣散的神志。她嚅动着嘴唇，低呼了一个名字，谁也没听清楚她喊的是谁。然后，她叹了口气，用比较清晰的声音，说了一句："缘已尽，情未了！"接着，她用左手握住床边的母亲，右手握住床边的父亲，闭上眼睛轻声低语："不再流浪了，不再流浪了！"

这是她说的最后一句话。

袁嘉佩，乳名鸵鸵，在一九八二年四月二十四日弥留，二十五日死于肝癌，并非肝炎。年仅二十四岁！

二十四！这数字好像一直与她有缘，她是在二十四日遇到韩青的，她弥留那天，正是他们认识五十四个月的纪念日，勉强挨过那一天，她就这样默默地走了。

韩青赶到台北，鸵鸵已经去了。他竟来不及见她最后一面！他没有哭，没有思想，没有意识，从荣民总医院大门出来，他只想到一个地方去——海边。鸵鸵最爱看海，相识以来，他曾带她跑遍台北近郊的海边。最后一次带她看海，是他还没退役的时候，那天是他休假，她到新竹来看他，又闹着要看海。他起码问了十个人，才知道最近的海边名叫"南寮"，他一辈子没去过南寮，却带着鸵鸵去了。那天的鸵鸵好开心，笑在风里，笑在阳光里，笑在海浪帆影中。那天的他也好开心，笑在她的欢愉里，笑在她的喜悦里，笑在她的柔情里……他曾一边笑，一边对着她的脸儿唱：

"阿美阿美几时办嫁妆？

我急得快发慌……"

是的。海边。鸵鸵最爱去的地方。

他想去海边，于是他去了。

在沙滩上，他孤独地坐着。想着鸵鸵：第一次和她看海，她告诉他，她心里只有他一个！最后一次和她看海，他对她唱"阿美阿美几时办嫁妆？"现在，他孤独地坐在沙滩上，看着那无边无际、浩浩瀚瀚的大海，整个心灵神志，都被冻结凝固着，那海浪的喧嚣，那海风的呼啸，对他都是静止的。什么都静止了，时间、空间、思想、感情，什么都静止了。

"又怕你飘然远去，让孤独笑我痴狂！"

忽然间，这两句歌词从静止的思绪中迸跳出来。然后，他又能思想了，第一个钻入脑海的记忆，竟是数年以前，丁香也曾坐在沙滩上，手中紧抱着徐业伟的手鼓。

他把头埋进弓起的膝盖里，双手紧握着圈住膝头。他就这样坐着，不动，不说话。海风毫不留情地吹袭着他，沙子打在他身上，后颈上，带来阵阵的刺痛。他继续坐着，不知道坐了有多久，直到黄昏，风吹在身上，已带凉意，潮水渐涨，第一道涌上来的海浪，忽然从他双腿下卷了过来，冰凉的海水使他浑身一凛，他蓦地醒了过来。

他醒了，抬起头来，他瞪着海，瞪着天，瞪着他不了解的宇宙、穹苍。然后，他站起身子，机械化地移动他那已僵硬麻痹的手脚，缓缓地向海岸后面退了几步。站定了，他再望着海，望着天，望着他不了解的宇宙、穹苍。突然间，他爆发了！用尽全身的力量，他终于对着那云天深处，声嘶力竭地大喊出来："鸵鸵！鸵鸵！为什么是你？为什么是你？

你还有那么多的事要做！你的法国呢？你的巴黎呢？你的香榭大道和拉丁区呢？还有，你的木棉花呢？你的写作呢？鸵鸵！你怎么可以走？你怎么可以走！你那么热爱生命！你那么年轻！你答应过我要活到七十八岁的！七十八岁的！难道你忘了？你许诺过我，要用四十年的生命来陪伴我！四十年！你忘了？你忘了？你说过要告诉我们的子孙，我们曾如何相知和相爱，我们的子孙哪！难道你都忘了！都忘了？为什么在我这样拼命的时候，你居然可以这么残忍地离我远去！鸵鸵！鸵鸵！鸵鸵……"他望天狂呼，声音都喊裂了，一直喊到云层以外去："鸵鸵！鸵鸵！鸵鸵……"

他一连串喊了几百个"鸵鸵"，直到发不出声音，然后，他扑倒在一块岩石上，在这刹那间，许多往事，齐涌心头：那第一次的舞会，那八个数字的电话号码，那小风帆的午餐，那第一次牵手，第一次接吻，第一次看海，第一次去赵培家，第一个周年纪念日……太多太多，数不清，算不清。多少恩爱，多少誓言，多少等待，多少计划……包括最后一段日子中的多少煎熬！难道都成追忆？都成追忆？哦！太不公平，这世界太不公平！他以为全世界没有人可以分开他和鸵鸵，但是，你如何去和死神争呢？他从岩石上慢慢爬起来，转过头来，他注视着天际的晚霞，那霞光依然灿烂！居然灿烂！为谁灿烂？他再度仰天狂叫："上帝，你在哪里？你在哪里？"

数年前，他曾为徐业伟狂呼，那时，鸵鸵尚在他的身边，分担他的悲苦。而今，他为鸵鸵狂呼，身边却一个人都没有。他仰首问天，天也无言，他俯首问地，地也无语。他把身子仰靠在那坚硬的岩石上，用手下意识地握紧一块凸出的石笋，那尖利粗糙的岩石刺痛了他的掌心，他握紧，再握紧……想着水源路的小屋，想着赤脚奔下三楼买胃药，想着拿刀切手指写血书，想着鸵鸵捧着十二朵玫瑰花站在他的门前……他不能再想，再想下去会追随她奔往大海，这念头一起，他瞪视海浪，那每个汹涌而来的巨浪，都在对他大声呼号：

"不能同生，但求同死！"

"不能同生，但求同死！"

"不能同生，但求同死！"

他被催眠了，脑子里一片混沌。

离开了身后的岩石，他开始向那大海缓缓走去，一步又一步，一步又一步，一步又一步……他的脚踩上了湿湿的沙子，浪花淹过了他的足踝，又向后面急急退走，他迈着步子，向前，再向前，再向前……

忽然，他听到鸵鸵的声音了，就在他身后清清脆脆、温温柔柔地嚷着："有就是没有！真就是假！存在就是不存在，最近的就是最远的……"他倏然回头，循声找寻。

"鸵鸵！"他喊，"鸵鸵！"

鸵鸵的声音在后面的山谷中回响，喜悦地、快乐地、开心地嚷着："我的，你的，一切，一切，是我俩的一切，我俩的巴黎，我俩的木棉花！""哦！鸵鸵！"他咬紧嘴唇，直到嘴唇流血了。他急急离开了那海浪，奔向岸边，奔向沙滩，奔着，奔着。一直奔到精疲力竭，他倒在沙滩上，用手紧紧地抱住了头。哭吧！他开始哭了起来。不只为鸵鸵哭，为了

许多他不懂的事，还有小伟，鸵鸵，小梅梅，和他们那懵懵
无知的青春岁月！当那些岁月在他们手中时，几人珍惜。而
今，走的走了，散的散了，如诗如画的鸵鸵，竟然会与世长
辞了。

他似乎又听到鸵鸵那银铃般的声音，在唱着那支她最心
爱的歌 *all kinds of everything*：

雪花和水仙花飘落，蝴蝶和蜜蜂飞舞，帆船，
渔夫，和海上一切事物，
许愿井，婚礼的钟声，
以及那早晨的清露，万事万物，万事万物，
都让我想起你——不由自主。
……

他用手蒙住耳朵。万事万物，万事万物，都因鸵鸵而存
在。如今呢？不存在就等于存在吗？存在就等于不存在吗？
鸵鸵啊！你要告诉我什么？或者，我永远追不上你的境界
了！你的境界太远，太高，太玄了！鸵鸵！我本平凡！我本
平凡！我只要问，你在哪里？你在哪里？

风呼啸着，浪扑打着，山顶的松籁，海鸥的鸣叫，浪花
的怒吼……万事万物，最后，全汇成了一支万人大合唱，汹
汹涌涌，排山倒海般向他卷了过来：

"匆匆，太匆匆！匆匆，太匆匆！"

尾声

韩青说完了他和鸵鸵的故事。

桌上的烟灰缸里，已经堆满了烟蒂，烟雾继续在空气中扩散着，时间已是八月一日的凌晨了。

他的身子靠近椅子的深处，他的头往上仰，眼睛无意识地看着我书房的天花板，那天花板上嵌着一排彩色玻璃，里面透着灯光。但，我知道他并不在看那彩色玻璃，他必须仰着头，是因为泪珠在他眼眶中滚动，如果他低下头，泪水势必会流下来。室内静默了好长一段时间，我的稿纸上零乱地涂着他故事中的摘要，我让我的笔忙碌地划过稿纸，只为了我不能制止住自己眼眶的湿润。过了好一会儿，我想，我们两个都比较平静了。我抬眼看他，经过长长的叙述，陌生感已不存在，他摇摇头，终于不再掩饰流泪，他用手帕擦擦眼睛，我注意到手帕一角，刺绣着"鸵鸵"两个字。"你每条手帕都有这个名字吗？"我问。

"是的。"我叹口气。不知该再问些什么，不知该再说些什么。事实上，韩青的故事叙述得十分凌乱，他经常会由于某个联想，而把话题从正在谈的这个"阶段"中，跳入另一个"阶段"里。于是，时间、事件，和地点，甚至人物，都有些混淆。而在叙述的当时，他曾多次咬住嘴唇，抬头看天花板（因泪水又来了），而让叙述停顿下来。我很少插嘴，很少问什么，我只让他说，当他说不下去的时候，我就靠在椅子里，静静地等他挨过那阵痛楚。故事的结局，是我早就知道的，再听他说一次，让我更增添了无限惨恻。我叹息着说：

"肝癌，我真不相信一个年轻人会害上肝癌！"

"我一直以为是肝炎，小方也以为是肝炎。"他说，闪动着湿润的睫毛，"其实，连小三小四都不知道她害了绝症，只有她父亲知道，大家都瞒着，我去看她的时候，我做梦也想不到她会死！做梦也想不到！"他强调地重复着，又燃起一支烟。"可是，事后回想，我自责过千千万万次，鸵鸵一直多病，她的胃——我带她去照过 X 光。比正常人的胃小了一半，而且下垂，所以她必须少吃多餐。她身体里一点抵抗力都没有，流行感冒一来，她总是第一个传染上……在台北的时候，我常为了拖她去看医生，又哄又骗又说好话，求着她去。从没见过比她更不会保护自己的人！如果她早些注意自己的身体，怎样也不会送命，她实在是被耽误了，被疏忽了。如果我在台北，如果我守着她，如果我不为了证明自己而去南部……"他咬紧牙关，从齿缝中迸出一句话来，"她一定不会死！她一定不会死！""别这样想，"我试图安慰他，室内，悲哀的气氛已经积压得太重了，"或者，她去的正是时候。二十四岁，最美丽、最青春、最可爱的年龄，去了。留下的，是最美丽、最青春、最可爱的回忆。""你这样说，因为……"

"因为我不是当事人！"我代他接了下去，正视着他，"你怎么知道鸵鸵临终的情况？"

"事后我去了袁家，再见到鸵鸵的父母……"他哽咽着，"我喊他们爸爸、妈妈。"我点点头，深刻了解到袁氏夫妇失去爱女的悲痛，以及那份爱屋及乌的感情，他们一定体会到韩青那淌着血的心灵，和他们那淌着血的心灵是一样的。

"韩青，我们都不懂得死亡是什么。"我说，"不过，我想，鸵鸵假若死而有灵，一定希望看到你振作起来，快乐起来，而不是看到你如此消沉。""你懂得万念俱灰的意思吗？"他问。

"哦，我懂。"他沉思了一下。忽然没头没脑又问了我一句：

"你知道 *all kinds of everything* 那支歌吗？"

不等我回答，他开始用英文唱那支歌：

万事万物，万事万物，

都让我想起你——不由自主。

他停住了。又抬头去看天花板，泪珠在眼中滚动。

"我不敢怨恨上帝，"他说，"我不敢怨恨命运！我只是不懂，这些事为什么发生在我们身上。当年，我和鸵鸵逛来来百货公司，她在许愿池许了三个愿。为了我们三对。结果，徐业平和方克梅散了！小伟淹死了，丁香进了疗养院。最后剩我们这一对，现在，连驼驼都去了。三对！没有一对团圆！为什么是这样？为什么是这样？人，都会死的，每个人都会死！我没为对面的老婆婆哭，我没为太师母哭……可是，我为小伟哭，我为驼驼哭，我为我们这一代的懵懂无知而哭！"

他越说越激动，他不介意在我面前落泪了。我也不介意在他面前含泪了。"韩青，"我停了很久才说，"对生命而言，我们每个人都是懵懂无知的。""你了解生命吗？"他问。

我沉思良久，摇了摇头。

"我从不敢说我了解任何事，"我从心底深处说出来，坦白、诚恳地看着韩青，"更不要谈'生命'这么大的题目。我只觉得，生命本身可能是个悲剧，在自己没有要求生命的时候就糊糊涂涂地来了，在不愿意走的时候又糊糊涂涂地走了。不过，"我加重了语气，"人在活着的时候，总该好好活着，不为自己，而为那些爱你的人！因为，死亡留下来的悲哀不属于自己，而属于那些还活着还深爱着自己的人！例如你和驼驼！驼驼已无知觉，你却如此痛苦着！"

他呼吸着，沉思着。他的思想常在转移，从这个时空，转入另一个时空，从这个话题，转向另一个话题，忽然间，他又问我："你会写这个故事吗？"

我想了想。"不知道。"我看着手边的稿纸，"这故事给我的感觉很凄凉，很久以来，我就在避免写悲剧！那——对我本身而言，是件很残忍的事，因为我会陷进去。尤其，你们这故事……其实，你们的故事很单纯，并不曲折，写出来能不能写得好，我没把握。而且……"我沉思着，忽然反问他一句："你看过我的小说吗？""看过，就因为看过，才会来找你。总觉得，只有你才能那么深刻地体会爱情。"我勉强地笑了笑："总算，也有人来帮我证实，什么是爱情。你知道，在我的作品中，这是经常被攻击的一点，很多人说，我笔下的爱情全是杜撰的。还有很多人说，我把爱情写得太美、太强烈，所以不写实。这些年来，我已经很疲倦去和别人争辩有关爱情的存在与否。而你，又给了我这么一个强烈深切的爱情故事。""是。"他看着我，眼光热切，"我不只亲自来向你述说，而且，我连我的日记——一个最真实的我，好的、坏的，各方面，都呈现在你面前。还有那些信，我能保存我写给鸵鸵的信，是因为方克梅的关系。鸵鸵不敢把信拿回家，都存在小方那儿。鸵鸵死后，小方把它们都交给了我。所以，你有我们双方面的资料。"我仍然犹豫着。"你还有什么顾忌吗？"他问。

"不是你的问题，是我的问题。"我说，试着要让他了解我的困难和心态，"这些年来，我的故事常结束在有情人终成眷属那个阶段。事实上，人类的故事，并不是'终成眷属'就结束了。可能，在'终成眷属'之后才开始。男女间从相遇，到相爱，到结婚，可能只有短短数年。而婚后的男女，要共同走一条漫漫长路，长达数十年。这数十年间，多少的风浪会产生，多少的故事会产生。有些人在风风浪浪中白头偕老，也有些人在风风浪浪中劳燕分飞。但是，故事写到终成眷属就结束，是结束在一个最美好的阶段。"我凝视他："你懂吗？"

他摇摇头："不太懂。""你和鸵鸵的故事……"我继续说，"很让我感动，在目前这个时代，还有一对年轻人，爱得如此轰轰烈烈，我真的很感动。只是，我很怕写悲剧，我很怕写死亡，因为所有悲剧中，只有死亡是不能弥补的！你们这故事，让我最难过的，是——"我很强调地说，"它结束在一个不该结束的地方！"

他抬眼看我，眼中忽然充满了光彩，他用很有力的语气，很热烈地说："它虽然结束在不该结束的地方，但它开始在开始的地方！认识鸵鸵，爱上鸵鸵，虽然带给我最深刻的痛苦，可是，我终身不悔！"我愕然地看他，被他那强烈的热情完全感动了。

"好！我会试试看！"我终于说，"不管怎样，这故事很感动我，太感动我！我想，我会认真考虑去写它。可是……"我沉吟了一下，"为什么要写下来？为什么你自己不写？"

"你认为我在这种心情下，能写出一个字来吗？"他反问我，注视着我，"你记得鸵鸵的木棉花吗？"

"是的。""她一直想写一本书，写生命，写木棉花。现在，她什么都不能写了，而木棉花年年依旧。我只想请你，为我，为鸵鸵，写一点什么，像木棉花。"

"木棉花。"我沉吟着，"我窗外就有三棵木棉树。很高很大的。""我看到了。""然而，你们的木棉花代表什么？"

"鸵鸵说它有生命力。我觉得，那么艳丽的花，开在那么光秃的树干上，有一种凄凉的美，悲壮的美。"

　　是吗？我沉思着，走到窗前，我拉开窗帘，夜色里，三棵木棉树耸立着，这正是绿叶婆娑的季节，满树茂密的叶子，摇曳着。在街灯的照射下，每枝每叶，都似乎无比青翠，无比旺盛。"木棉花是很奇怪的，它先开花，等花朵都凋谢了，新叶就冒出来了。"我看着那三棵树，思索着，"你的鸵鸵，或者也是朵木棉花，凋谢之后，并不代表生命的结束。因为木棉树的叶子，全要等花谢了之后再长出来，一树的青翠，都在花谢了之后才来的！"他看着我，怀疑地："是吗？鸵鸵只是个默默无闻的女孩，即使她那么聪明，那么有才华，她没有留下任何东西！我找不出属于她的叶子！她就是这样，凋谢了就没有了。"

　　"是吗？"我看他，反问着，"看样子，你把这题目交给我了？好吧，让我们来试试看，看能不能为鸵鸵留下一些东西，哪怕是几片叶子！"他看着我，非常真挚，非常诚恳，而且，他平静了下来。

　　"谢谢你！"他说。他告辞的时候，天色已有些蒙蒙亮了，我送他到门口，看着他孤独的影子，忍不住问了句：

　　"以后预备做些什么？"

　　"以后？"他歪着头想了想，忽然微笑了起来，这是他整晚第一次笑，"等我有能力的时候，总有那么一天，我会去巴黎，去香榭大道，去卢浮宫，去拉丁区……然后，我会说：鸵鸵，我终于带你来了！"他走了。走得居然很潇洒。

我在花园里还站了一会儿，发现有几朵沙漠玫瑰枯萎了，我机械化地走过去，摘掉那谢掉的花朵，心中朦胧涌上的，是李后主最著名的词句：

　　　　林花谢了春红，太匆匆。
　　　　无奈朝来寒雨，晚来风。
　　　　胭脂泪，相留醉，几时重？
　　　　自是人生长恨水长东。

　　我的眼眶又湿了。人生就是这样的。怎怪我一直重复着类似的故事？前人的哀痛与无奈，在现代的今天，岂不是同样重复地存在着？岂不是？

　　我走回屋里，让一屋子的温暖来包围我，人，该为那些爱自己的人好好活着，一定，一定，一定。

　　　　　　　　　　　　　　——全书完——

　　　　　　　　一九八二年九月七日深夜初稿
　　　　　　　　　　完稿于台北可园
　　　　　　一九八二年九月十日深夜修正于台北可园
　　　　一九八二年九月十五日午后再度修正于台北可园

后记

　　韩青在七月三十一日来访以后，我就知道，我一定会写这个故事了。或者，我也该让这故事在我记忆中藏上三年五载，再来提笔。但，我竟连一日的耽搁都没有，就在八月一日晚间，立刻提笔写起《匆匆，太匆匆》来。对我自己而言，这几乎是一项"奇迹"。我一向不肯很快地写"听来的故事"，我需要一段时间来消化它，来吸收它，来回味它，直到我确认它能感动我，说服我，也确认它本身有力量能支持我从头一个字，写到最后一个字，我才会开始去写它。

　　不知道是什么力量，是韩青的恳切，是鸵鸵在冥冥中协助，我居然这么快，这么毫不犹豫地提笔，而且，立刻，就把整个自我都投进去了。八月，天气正热，埋首书桌一小时又一小时，并不是很"享福"的事。可是，就和往常一样，我感动在我笔下的人物里，我感动在鸵鸵和韩青的热情里，我感动在他们相遇、相知、相爱的各种小节中，于是，我又忘记了自我。我在本书的"楔子"和"尾声"中，都已详细交代过本书的故事提供者，和资料来源。在这儿，我就不再赘述什么。我想，读者也不会再追问这故事的真实性。不过，我早就说过一句话，不论多么真实的故事，经过我重新整理，编辑，去芜存菁以后，故事的写实性或多或少要打相当大的折扣。毕竟，我并不在写"传记"，我只写一个"故事"，故事中令我感动的地方，我会强调地去描述，故事中有我自己不能接受的地方，我就会把它删除掉。因而，不论多么真实的小说，经过作者再写出来，总会与事实仍有段距离。不过，本书中所有引用的书信、日记、小诗、小笺……都出于驼驼和韩青的手笔，故事的进展，也完全依照他们的资料记载去进行的。

从来没有一个故事，像《匆匆，太匆匆》带给我这么大的"震撼"力。这种"震撼"，并不单纯来自韩青和驼驼的恋爱，而更深刻地来自"生命"本身。我从没有一本书这么多次面对生命的问题。不该来的"生命"往往来了，不该走的生命又往往走了。我很渺小，我很无知，我也很困惑。这本书里，从韩青邻居老婆婆的死，太师母的死，小伟的死，到驼驼的死……我真写了不少死亡。这就是真实故事的缺点，那么多不可解的"偶然"都凑在同一本书里，而这些都是真的！对这些"死亡"，我困惑极了。我惋惜小伟，我惋惜驼驼，无法形容我惋惜得多么深刻。除了对"死亡"的困惑，我也不讳言对"生命"的困惑，例如小梅梅的存在与否，和这一代年轻人（当然，只是我书中的一小部分，绝不代表全体）的迷惘。哦，其实，难怪年轻人是迷惘的，这世界上很多人都是迷惘的。前不久，曾在电视上看到一个报道，据统计，台湾的年轻人，死亡率竟高过老年人好多倍！那统计数字使我那么吃惊，那么不敢相信！据云，年轻人的"意外死亡"太多了，例如车祸、登山、游水、打架……我真不懂，这一代的年轻人为什么如此不珍惜自己呢？如此不爱护自己呢？就算不为自己而珍惜生命，也该体会"哀哀父母，生我劬劳"呀！也该为那些爱自己的人着想呀！

《匆匆，太匆匆》因为机缘的凑巧，《中国时报》发行美国版，向我邀稿甚急。所以，在全稿尚未完成前，就在八月二十七日开始连载，九月号皇冠也同时推出。在这儿，我必须提一下，自从《匆匆，太匆匆》开始连载，有许多鸵鸵生前的至亲好友，都纷纷和我联系，并主动提出更多有关鸵鸵的资料。我在这儿，一并向鸵鸵的亲朋好友致敬致谢。因为本书的原始资料，来自韩青，更因为新资料提供出来时，本书已经完成了百分之九十，所以，我没有再采用新资料，以免这本书中旁枝太多，而流于琐碎。不过，对那些提供资料的人，我仍深深感激。我的写作，一向是很累的。许多人看到我每年总有两本新作交出来，就认为我一定写得很"容易"。事实上，我的写作总是艰辛而又痛苦，这份"挣扎"，也只有我身边的人才能体会。《匆匆，太匆匆》也一样。面对满屋子的书信、资料、日记……我一面写，还要一面查资料。有些地方，实在不了解，就只好拨个长途电话去问韩青。韩青的合作非常彻底，几乎知无不言，言无不尽。只有当我的问题触及他心中隐痛时（例如鸵鸵几度欲振翅飞去），他才会略有迟疑。不过，他依然尽力做到了坦白。当他知道我真的在写这故事了，他又惊又喜，他说："我好像了了一件心事。今天我去上班时，居然注意到田里的秧苗，都是一片绿油油的，充满了清新和生机。好久以来，我都没有注意过我身边的事物了。"

我听了，也很安慰。只是，我担心他读到这本书时，会不会再勾起他心头的创伤？我也很担心，我笔下的韩青和鸵鸵，会不会写得很走样？我最担心的，是鸵鸵的家人亲友（或我不知道而未提及的人），会不会见书而伤情！以及书中其他有关的人物，会不会追怀往事而又增惆怅！果真如此，我很不安，我很抱歉，我也很难过。无论如何，我写此书时，是怀着一种近乎虔诚的情绪去写的。我爱鸵鸵，我爱书中每个人！我多希望他们都活得好好的，活着去爱，活着去被爱，活着去抓牢"幸福"！写完这个故事，我自己感触很深。生命之短暂，岁月之匆匆，人生，就有那么多"匆匆，太匆匆"！那么多的无可奈何！青春、爱情、生命……每个人都能拥有的东西，却不见得每个人都能珍惜它们。于是，我也感慨，我也怀疑，我也想问一句："永恒"在哪里？什么东西名叫"永恒"？前两天在报上读到倪匡先生的一篇短文，结尾几句话是：

"永恒的是日月星，人太脆弱了，不要企求永恒。"

我有同感，真有同感！人，太脆弱了！

《匆匆，太匆匆》总算完稿了。写完，心里还是沉甸甸的。不知道鸵鸵泉下有知，是否能了解我写作时的虔诚？不知我笔下的木棉花，是否为鸵鸵心中的木棉花？这些日子来，看鸵鸵的信，看她那行云流水般的文字，看她那万种深情、千种恩爱的句子，看她那对自我心理变迁的披露，看她对"成长"和"人生""社会"的种种见解……我不止一百次扼腕叹息，这样一个充满智慧、充满才华、充满热情的女孩，竟在花样年华中遽然凋谢，难道是天忌其才吗？

真的，人，应该为爱自己的人珍惜生命，应该为爱自己的人珍惜感情。写完本书，我却真想对我不了解的人生、生命，和感情说一句：

匆匆，太匆匆，
匆匆，太匆匆！

琼瑶
一九八二年九月十六日午后
写于台北可园

（京权）图字：01-2025-0195

图书在版编目（CIP）数据

匆匆，太匆匆 / 琼瑶著. -- 北京：作家出版社，2025.1.
（琼瑶作品大全集）. -- ISBN 978-7-5212-3236-3

I. I247.5

中国国家版本馆 CIP 数据核字第 2025G9J864 号

匆匆，太匆匆（琼瑶作品大全集）

作　　者：琼　瑶
责任编辑：张　平
装帧设计：棱角视觉　纸方程·于文妍
责任印制：李大庆　金志宏
出版发行：作家出版社有限公司
社　　址：北京农展馆南里 10 号　　　邮　　编：100125
电话传真：86-10-65067186（发行中心）
　　　　　86-10-65004079（总编室）
E-mail: zuojia@zuojia.net.cn
http://www.zuojiachubanshe.com
印　　刷：北京盛通印刷股份有限公司
成品尺寸：142×210
字　　数：125 千
印　　张：6.125
版　　次：2025 年 1 月第 1 版
印　　次：2025 年 1 月第 1 次印刷
ISBN 978-7-5212-3236-3
定　　价：2754.00 元（全 71 册）

品 琼 瑶 经 典

忆 匆 匆 那 年

琼 瑶 作 品 大 全 集